JN147472

はらぺこさんの異世界レシピ

レイス
マリーの友人。
口数は少ないがマリーの料
理が好き。
田中真理
食べることが好きな普通の
OL。食関連の知識や技術は
豊富。異世界ではマリーと名
乗っている。

ジャン・サルテーン
王子の護衛に命を賭けている騎士。剣術が得意。
フェザー&カリーナ夫妻
人情に厚く面倒見がいい夫婦。異世界でのマリーの保護者。
ルクト・ノーチェ
オリュゾンの王太子。国を守るためにしたたかな面もある。
登場人物紹介

目次
「はらぺこさんの異世界レシピ」

プロローグ

光のベールに包まれて暗転した世界。

背に感じる柔らかな草の感触に目を開ければ、綿あめみたいな白い雲とオーロラが揺らめく青い空が一面に広がっていた。

ジンジンと痛む背中に顔をしかめた私は青空に広がるオーロラを睨（にら）みながら声に出して悪態を吐（つ）く。

「…………最悪だわ」

天高く遠ざかった光のベールに歯噛（はが）みしながら思い出すのは、近所の公園で数分前に見た光景だ。

私が跨（また）いだのと同じ柵を跳び越えて驚くべき速さでこちらに駆け寄る男子高校生と、握っていたコンビニの袋ごとオーロラに吸い込まれていく自身の左腕。

ユウトと呼ばれていた高校生が必死に手を伸ばしてくれていたけれども、私の右腕を掴（つか）むことはできなくてむなしくも空を切っていた。

そして視界が光で埋め尽くされたかと思えばエレベーターで数十階を一気に降（くだ）ったような浮遊感に包まれて一瞬の暗転ののち、この状況である。

大学を卒業して社会人となり、せっせと働くこと早四年。

異世界から男子高校生が帰還するという非日常的な光景に年甲斐もなく浮かれた私も悪かったのだろうけども、これはあんまりではなかろうか。

怒りを上回る虚無感に、ただボーッと空を見つめる。

泳いだら気持ちよさそうなほど澄み渡った青空と神々しく輝く光のベールが心底憎たらしかった。

No.1　ビールとスモークタン

地球の都内某所にある住宅街。

今日も今日とて足を棒にしながら一日の仕事を終えた私は、愛しの我が家を目指して街灯の白い光の下を歩いていた。

右肩にある通勤鞄にやり切れなかった書類が詰まっていて疲れた体には重くてたまらないけど、今日は金曜日で土日はお休みと思えば頑張れるというもの。

なにより、左手には先ほどコンビニで発見した新商品のビールのロング缶とスモークタンが入った袋がある。一番好きなイカの一夜干しがなかったのは残念だが、私はビールがあれば大抵のことは許せる人種なので問題はない。

となると頭の中を占めることは一つ。

――夕飯はなににしようかな。

おつまみが肉系なので主菜は野菜か魚がいいけど、新商品のビールはホップ増量と書いてあったから恐らく苦みが際立つタイプだし……と考えたところで以前大量に作って冷凍しておいたちゃんちゃん焼きの存在を思い出したので、それと白米を解凍して食べようと心に決める。

鮭をもやしやキャベツなどたっぷりの野菜と炒めて、甘めの味噌ダレで濃い目に味付けしたちゃんちゃん焼きはそのまま食べてもアレンジしても美味しいので、我が家の冷凍庫には大抵入っている。コーンとバターを足して味噌味のインスタントラーメンに載せれば豪華な一杯が出来上がるし、出汁と調味料を足せば即席味噌鍋にもなる。ビールに合うし、白米との相性も最高だ。

　思い描いた夕飯にゴクリと喉を鳴らす。

ビールを冷凍庫で冷やしている間にレンジを回そう、と帰宅してからの計画を立てる。さらに、おかずが味噌味だからお湯を注ぐだけのわかめスープを付けよう、と決めれば口元は緩み、歩く速度も自ずと速くなるわけで。

　住宅街をカツカツとヒールを鳴らしながら足早に進む私に声をかけてくる人はもちろんおらず、これがお一人様を邁進する原因だとなんとなくわかってはいるものの、改善する気は毛頭なかった。今一つな料理をつまみながら缶の倍以上の値段がするビールを頼むよりも、帰路の心配をしなくていい自宅で自堕落な格好で誰に気兼ねすることなく呑む方が幸せだしね。

　うら若き乙女としてはだいぶ失格なことを考えながら愛しの我が家へ一目散に帰る。それが就職して一人暮らしを始めてからの私の日常であり、これからも変わることはないと思っていた。

　思っていたんだけれども『人生は小説よりも奇なり』とはよく言ったもので、私は自宅まであと数百メートルの距離を残したところで通りがかる小さな公園の中心でとんでもない光景が繰り広げられているのを目撃することとなる。

　丁度私が公園の真横まで来たその時だった。

目に眩しいほどの光量を感じたので街灯が爆発するのかと驚愕した私は、逃げることも忘れて反射的に光源へ視線を向けた。

そうして見たのは、閑散とした住宅街の寂れた公園には似つかわしくないオーロラで。

――え。ちょ、なんで？

ありえないものに目を見開いていると、まるでカーテンを捲るようにオーロラの中から近所にある高校の学ランを着た男の子が出て来た。

『私の世界を救ってくれて、ありがとう』

「いや。それよりも――は大丈夫なのか？　ようやく魔王の呪縛から解放されて自由の身となったのに、俺を若返らせたり召喚前の時間に戻したりした所為でまた力が」

『貴方のお蔭で私の世界は正常に戻ったから、五年くらい眠れば大丈夫よ』

「そうか」

そして聞こえてきた鈴を振るような声ってこういうのを言うのねと感心させられる声音と、落ち着いた話し方をする男子高校生の会話。

……これはもしかしてライトノベルとかでよくある異世界召喚？

しかも帰還時なのね、と言葉にならない感動に浸りながら草陰に隠れて様子を窺うことしばし。

『本当にありがとう、ユウト』

「色々あったけど、俺も楽しかったよ」

『「またね（な）」』

オーロラの隙間から振られたたおやかな腕に男子高校生が爽やかな笑顔で答えれば、捲り上げられていた光のベールがスルリと落ちる。

女神様は立ち去ったのか、寂れた公園に得も言われない静寂が広がる。そんな中、ユウトという名の男子高校生は閉ざされた光のカーテンを感慨深そうに目を細めながら数秒間見つめていたけど、やがてスッと背を向けて歩き出した。

誰もいなくなった公園の芝生の上で揺れるオーロラは少しずつ輝きを失い、薄くなっているみたいだったけれどとても綺麗で、私は猛烈に間近で見たい衝動に駆られる。

――もう少し側に行っても大丈夫だよね？

迷いはあった。

しかしこんな機会は二度とないと思うと、いても立ってもいられず。仕事終わりの解放感と週末という高揚感も手伝って、私は気が付けば湧きあがる好奇心のまま公園の低い柵を乗り越えていた。

「……すごく綺麗」

日本ではまずお目に掛かれない光のベールのあまりの美しさに、珍しく乙女チックな声が出たなと頭の隅で考えながら見入っていると人間とは不思議なもので、今度は触れてみたいという欲望がチラリと顔を覗かせる。

そしておもむろに手を伸ばしてみるも、さすがにそこまで馬鹿ではないわけで。

――いやいや。それはさすがに無謀すぎるでしょ。本気で異世界に行きたいと思うほど身も心も若くないし。

脳内で自ずと入った突っ込みに「ですよねー」と軽く返した私は、これ以上の冒険心が湧き出てくる前に帰ろうと手を下ろしてクルリと方向転換した。

したんだけど。

「なにをしてるんだ！」

丁度身を翻した瞬間に響いた怒声に驚いた私は仕事の疲労と荷物の重み、それからヒールという三拍子そろった悪条件に導かれるままバランスを崩し、あろうことか背中から倒れ込んだのだった。


幸か不幸か異世界トリップの瞬間を目撃した人はいなかったようで、芝生のような草の上に寝ころぶ私の周囲には誰もいない。遠くの喧騒（けんそう）がたまに風に乗って聞こえてくるものの、いたって静かで、気温もぼんやりするのに丁度良かった。

そうしてどのくらい空を眺めていたのだろう。

青空に浮かぶオーロラも公園で見たものと同じように少しずつ薄くなっているみたいだったけど、緩やかに揺らめく光を見ているうちに眠気が襲ってきて段々瞼（まぶた）が重くなってくる。

帰ってちゃんちゃん焼きで一杯やるはずだったのに……。

ぼんやりそんなことを思えば、ぐぅぅと乙女にあるまじき音量でお腹（なか）の音が鳴り響いた。

――誰もいなくてよかった。

そう思う一方で、空腹が気になりはじめて上手（うま）く眠れない。我慢しきれなくなってムクリと起き上がった私の目に映ったのは、白いコンビニの袋から顔を覗かせるビールと『そのまま食べても美味しい』という謳い文句が書かれたスモークタン。

「…………とりあえず、これでも食べようかな」

澄んだ青空と程よく体を温めてくれる陽光、柔らかな感触の原っぱという風光明媚な場所に座り込んでコンビニの袋へ手を伸ばす。そして栄えある異世界での初行動がこれってどうなんだろうとぼんやり考えながら、おつまみの袋を開ける。

頬を撫でる心地よい風に目を細めながら噛みしめたスモークタンと続いて呑み込んだ生温いビールは想像通りほろ苦く、色んな意味で格別な味だった。

№2　勇者ユウト視点

崩れた光のベールはキラキラ輝く粒となり、散りゆく花火のように降り落ちて宙に溶けるように消えてゆく。

それは女神の力によって地球と繋(つな)がっていた異世界アリメントムへの道が閉ざされた瞬間だった。


「っクソ！」

閑散とした住宅街の寂れた公園に俺の悪態が響く。

惚(ほ)れ惚れとした表情を浮かべて光のベールに手を伸ばしていた、カジュアルスーツに身を包んだ細身の女性。袖から伸びる白く小さい彼女の手を、俺は掴むことができなかった。

――俺はなにをやってるんだ！

女神に手を引かれて異世界アリメントムへ渡り、勇者として過ごすこと五年。与えられた魔王討伐という大役を終えて地球に戻って来たことで完全に気を抜いていたのか、勇者として崇(あが)められて調子に乗っていたのか。彼女の存在にまったく気が付かなかったばかりか、余計なことをして驚かせ、異世界へ身一つで行かせてしまった。

胸を焼く後悔に歯を食いしばり、脳裏に焼き付く見開かれた彼女の黒い瞳を思い出しながらギリッと拳を握る。

スーツを着慣れた様子だったので成人した会社員なのだろうが、肌は色白で運動とは無縁そうな女性だった。

俺が魔王を倒したことで魔獣、いわゆる怪物と呼ばれる類のものはアリメントムからいなくなっているはずだが、魔法が存在しているし強盗や人攫い（さら）といった危険が身近に沢山ある。それに生活水準はそれほど高くない。日常生活を快適にするために友人達の協力の下コンロや冷蔵庫もどきなど色々と開発したが、日本での生活には程遠かった。あの世界で女性が一人で生き抜くのは厳しいだろう。

身をもって知った異世界の厳しさを思い出せば出すほど、なぜ最後まで見届けなかったのかと自責の念にかられる。

その理由をわかっているからなおさらだった。

——アリメントムでの生活に、未練があった。

だから異世界と繋がる光のベールを最後まで見ていることができなかったのだ。別れがたいのだと全身で訴え引き留めてくれた仲間達の言葉に首を横に振り、地球への帰還を望んだのは自分自身だというのに勝手なものである。

異世界では騙（だま）されて殺されかけたこともある。

その一方で、素性の知れない俺を信じ、助けてくれた人達がいた。

助けてくれた人々のため剣を握ったが、魔王討伐へいたる道は試練の連続で心折れそうになったことは数えきれない。

しかしそんな俺を支え、共に戦ってくれた仲間達がいた。辛く苦しいことだけでなく、心躍る出会いや思い出すだけで幸せな気分になれる記憶が沢山あり、第二の家族と呼べるほど大切な人達もできた。

五年という時間は短いようで長く。

過ごした日々を想えば熱いものが込み上げてきて、気を抜いたらアリメントムへ繋がる光のベールにもう一度飛び込んでしまいそうだった。

だから俺は、背を向けて離れたんだ。

その所為でなんの関係もない無力な女性に、危険な異世界生活を強いることになるとは夢にも思わずに。

——助けに、行かなければ。

異世界で勇者として生きることも、地球で平穏な高校生活を送ることも捨てきれず、選択から逃げ続けた俺の中途半端さが招いた事態だ。俺には彼女を元の生活に戻してあげる義務がある。

決意を胸に首にかかる鎖を引っ張れば、チャリッという金属音と共に親指大の透明な石が掌(てのひら)に転がった。

水晶に似たその石は女神様から世界を救った報酬としてもらった物だが、今はまだ使うことができない。この石を創り出した女神様が再び眠りについてしまったからだ。しかし女神様が目覚めて石が本来の輝きを取り戻した暁には、一つだけ願いを叶えてくれると言っていた。

『私の世界であるアリメントムに関することはともかく、地球で叶えてあげられる願いは限られてるけどね……』

花の顔を少し曇らせてそう言われた時はなにを願おうか悩んだが、今はアリメントムに関する願いが叶えば十分だ。あの女性を助けてあげられればそれでいい。
一刻も早く助け出せるよう沈黙したままの石を肌身離さず持つことを誓って一歩踏み出せば、カサリとつま先でなにかを踏んだ感触。視線を落とすと、芝生の上にケースに入れられた社員証があった。

『株式会社○○　△△部　田中真理』

ネックストラップを掴んで拾い上げれば先ほど出会った女性の顔写真と名前があり、俺はそれを大切に学ランのポケットに仕舞う。

必ず、迎えに行きます。
だからそれまでは、どうかご無事で。

心の中で祈るようにそう告げて。
俺は五年ぶりに自宅に帰るべく歩き出したのだった。

№3　コック・オ・ヴァン（鶏の赤ワイン煮込み）

拝啓　うららかな春の日差しが心地よい季節となりましたが、お母様やお父様は元気にお過ごしでしょうか？

ひょんなことから世界を越えてしまい、はやくも一か月。

不肖の娘、田中真理は異世界アリメントムで案外元気に生きてますので、あまり心配はせずに地球での日々を楽しんでお過ごしください。

敬具

「マリー。そっちの卵を箱に詰めたら午前の仕事は終わりだよ」

「わかりました！」

私が働かせてもらっている養鳥場のご主人フェザーさんの言葉に目を輝かせながら、積まれた空き箱をもって最後の卵が入った籠の元へ向かう。

ここは『鳥小屋』。

卵肉兼用の鳥達を飼育出荷しており、いうなれば養鶏場のようなことをしている施設だ。

ちなみに私はここで二十日ほど前から住み込みで働かせてもらっている。

朝日が昇ると同時に小屋で育てられている鳥達へ餌を与えながら体調をチェックするフェザーさんの傍らで、室内に張り巡らせた管と流れる飲み水に異常がないか確認しながら産み落とされた卵を回収していく。何事もなければ卵を大きさごとに分けて梱包し、もし体調不良の鳥や設備に異常を見つけたら対応にあたる。

大体、集卵が終わったら午前の仕事は終了。

フェザー夫妻と一緒にお昼ご飯を食べる。

午後一番の仕事は小屋のお掃除で、鳥達が散らかした餌の欠片や排泄物を掃除して運び出す。そうこうしているうちに日が暮れてくるので、再び餌を補充して鳥達の数や体調に変化はないかフェザーさんと一緒に確認する。異常がなければ、それぞれの小屋の鍵を閉めて一日の仕事は終わりだ。お風呂はないので桶に溜めたお湯で体を清めて着替え、夕飯を食べて寝る。

それが異世界アリメントムでの私の一日である。

ひょんなことから異世界に来てしまった時はどうしたものかと思ったけれど、私という人間は自分で思っていた以上に逞しい性格をしていたらしい。敷地の隅にある鳥達の研究用に建てられた小屋にタダで住まわせていただけるばかりか、お昼ご飯も食べさせてくれるという素晴らしい職場を手に入れて、案外元気に生きている。

魔王討伐だか女神様の解放だとかで酔っ払いが多くて本当に助かったわ……。

想定していたよりもずっと強健だった自分に感心しつつ、異世界トリップという衝撃の体験をしたあの日のことを思い出す。

スモークタンとビールで一杯やった私は、あのあと酒の勢いに任せて人々の喧騒が聞こえる方に足を進めてみた。そうして見つけたのは、喜びからかそこかしこで酒盛りをする人々で。

トリップ特典なのか聞きなれた日本語が聞こえてきたことに胸を撫でおろしつつ、人々の様子を窺ってみれば、酒店の主人は道行く人に酒を配り、お菓子屋さんやパン屋さんも商品を振る舞い、青果店と鮮魚店と精肉店が材料を提供したのか女性達による炊き出しまで行われ、呑めや歌えやの大宴会。

今ならば怪しまれずに服などを手に入れられるのではと思った私は、上着を脱いで丸首のインナーとパンツ姿になると荷物を隠し小さな飾りのついた安物のネックレス片手にこっそり酔っ払いの群れに交じってみた。

そうしてなるべくへべれけな人達を狙い、わらしべ長者よろしく物々交換を持ちかけること数回。

少し前に呑んだビールと道中にもらったお酒の力を借りて不揃いながらこの世界の衣服や布袋を何枚か手に入れた私は、携帯や就職祝いにもらった手巻き式の時計といった異世界人に見つかってはまずそうなものだけを布袋に入れて、服の中に隠すように身に着けた。次いで通勤鞄やヒール等の燃やせそうなものをまとめて、着ていたインナーやパンツでぐるぐる巻きにする。地球産のものなど持っていても怪しまれる要素を増やすだけだし、換金するのは犯罪者に目を付けられやすくなる危険があると思ったので、処分してしまおうと考えたからだ。

生活費は欲しいけど、身の安全の確保の方がずっと大事だもの。

だからお気に入りだった通勤鞄も奮発した化粧ポーチも全部、潔く焚かれていた火にくべた。お酒の勢いって本当にすごいよね。でも時間が経てば経つほど未練が募って地球のものは捨てられなくなっていただろうから、英断だったと思っている。

燃やした荷物がその後どうなったかまでは確認していないけど、酔っ払い達がゴミやら着ている服なんかを楽しそうに投げ込んでいたのでたぶん大丈夫だろう。

そうして再び宴に混ざりこの世界の情報を収集した私は現在、最初にいた島国から少し離れた場所にあるオリュゾンという国で暮らしている。

未開拓な土地を多く抱えるオリュゾンでは現在移住者を募集しており、貧民街の人間やこれまでの魔王との争いで家族を亡くした孤児や祖国を失った人々を労働力として歓迎していたのでそれに便乗させてもらった形である。幸い西洋人と似通った異世界の人々の目に日本人である私は幼く映っているようで、酔っ払いから手に入れた不揃いな服装と相まってなんら怪しまれることなく魔法で動く移動船に乗り込むことに成功。そこでオリュゾン国の国籍も得ることができて、今にいるというわけだ。


この世界はおおよそ二十四時間毎に太陽が昇り、色とりどりの花々が咲き乱れる春に、肌を焼く暑さの夏、木々が赤や黄に色づく秋から凍えるような寒さに身を寄せ合う冬へと徐々に季節が移り変わりながら一年が巡る。

ちなみに人間がこの世に生まれ出てから死去するまでは平均八十年。

魔法はあるけど、魔王が勇者様に倒されたのでオークなんかの魔獣はもういない。科学や機械ではなく魔法や魔道具が人々の暮らしを豊かにしてくれている。

そんな、地球とは似て非なる世界で私が働かせてもらっているフェザーさんの養鳥場は、現在縮小運営中とのことで扱っている鳥達の数は大変少ない。その上、仕事内容は産み落とされた卵の回収や小屋のお掃除や餌やりといった簡単なお世話だけなので、デスクワークに慣れた私でもなんとかついていけている。

力仕事がほとんどなく、任されるのは子供でもできるような仕事ばかりなので給金は雀（すずめ）の涙ほどだけど、元気に生活できているので十分。甘やかされきった日本の小娘が異世界で健全な職場に就職し、最低限の衣食住を確保できただけでも奇跡的なことだと思っている。

それに、フェザーさんの奥方であるカリーナさんが振る舞ってくれるフランスの郷土料理に似たご飯は、現代日本人の舌にもとても美味しく、不本意な異世界トリップでやさぐれかかっていた私の心を宥（なだ）め、満たしてくれるお蔭で気力もばっちりである。

「ちなみに今日のご飯はどんな料理ですか？」

「今日は新しい鳥を使ったカリーナ特製のシチューだよ」

「それは楽しみですね！」

「そうだね。カリーナが昨日の夜から張り切って作ってたからきっと美味しいよ。さっさと卵の集計を済ませて食べに行こう」

「はい！」

フェザーさんの言葉にくぅとお腹が鳴る。

シチューということは、今日のお昼は煮込み料理だ。

衣服や建造物から考えるにここは中世のヨーロッパに近いらしく、昼夜の一日二食が基本。朝は

まったく食べないわけではないけどパンとエールで軽く済ませるくらいなので、三食しっかり食べたい派の私にはなかなか辛い変化だった。

しかし、もっとも多く食べるお昼を御相伴に与（あずか）らせていただける効果は大きい。日本でも忙しくて夕食だけということは時々あったし、満腹とまではいかなくても一日一食丁寧に調理された料理を食べられるお蔭で、今のところ激変した生活環境に心折れることなく日々を過ごすことができている。

人間、美味しい食べ物があれば多少理不尽な状況に置かれても生きていけるってことよね……。

食の大切さをしみじみと噛みしめつつ、ご夫妻のご厚意に心からの感謝を捧げる。お二人のお蔭で私は突然始まった異世界生活にそう絶望することなく、なんとか五年後まで過ごせそうだ。


脳裏を過（よぎ）るのは、男子高校生と女神様の会話。

『――ようやく魔王の呪縛から解放されて自由の身となったのに、俺を若返らせたり召喚前の時間に戻したりした所為でまた力が』

『貴方のお蔭で私の世界は正常に戻ったから、五年くらい眠れば大丈夫よ』

姿なき彼女は確かにそう言っていた。

ということは、元の世界に戻してもらうために女神様を探しても五年後までは無意味。

それなら優先するのは自身の衣食住である。

あの高校生の言葉を信じるなら、トリップ時と同じ時間に同じ姿で戻れるみたいだし……。

戻った時の心配もいらないようなので四年間は生活を安定させお金を貯（た）めることにして、それから女神様と会う方法を探せばいい。無理して面倒事に巻き込まれて死んでしまっては元も子もないし、なにより呑んで食べることが生き甲斐な私にとって食を削って行動するのは辛すぎるからね。

当面の目標は『お腹いっぱい美味しいものを食べること』。

心身に余裕のない人間は希望を抱くことなどできず、疲れ果てていつか力尽きてしまうもの。帰郷の望みを捨てないためにもまずは生活環境を整えるのが先決。今のところ給金は雀の涙だけど、真面目に働いていれば鳥小屋が本格始動した時も雇ってくれると言っていたのでまぁなんとかなるでしょう。

ここで働けたお蔭で、朝晩もそれなりにご飯を食べられるようになったしね――。

餌をつつく鳥達を横目にフッと笑みを零した私は、卵を詰め終えた箱を手に振り返る。

「――フェザーさん！　卵の箱詰めが終わりました」

そして最近飼育を始めたという鶏達の観察をしていたフェザーさんに声をかければ、優しい笑みが返ってきた。

「お疲れ様。じゃぁ、行こうか」

我が子を見るような優しい眼差しに得も言われぬ感情が込み上げてくるけれども、今はまだ。

その感情の正体は、追求しないでおこうと思う。

「お昼ご飯、楽しみですね」

燻る感情には気が付かなかったことにしてお昼ご飯に思いを馳せれば、フェザーさんの柔らかな声が耳を打つ。

「そうだね。カリーナがシチューを温めながら首を長くして待ってるだろうから、少し急ごうか」

「はい！」

元気な返事にフェザーさんが笑い声を漏らすが旅の恥はかき捨てと言うし、お腹の虫が鳴いているので仕方ないと誰に聞かせるでもない言い訳を心の中で呟（つぶや）きながら私は歩調を速める。

目指すはカリーナさんが作ってくれた温かいシチュー。

地球に残してきた両親や友人や仕事、優しくしてくれるご夫婦に嘘（うそ）をついてることやこれからの生活、それから偶然紛れてしまった私を女神様は元の世界に帰してくれるのかといった心配や不安は尽きないけれども、肉体労働をすればお腹が減るのは人間ならば当然の摂理。

腹が減っては戦ができぬって言うしね！

「――女神様のお恵みに感謝を」

「「感謝を」」

フェザーさんの音頭でカリーナさんと私も食前の祈りを捧げる。

そして家長であるフェザーさんや奥さんであるカリーナさんがご飯に手を付けるのを待ってから、私もスプーンを握った。怪しまれる可能性を考えると誰にも聞くことができないので、こちらのしきたりがどういった形式なのかはわからないけど、目に余る間違いや無作法な行動はそれとなく注意してくれるご夫妻がなにも言わないので恐らくこれで大丈夫なのだろう。

――いただきます。

木製のスプーンを握り、心の中で日本式の挨拶をしてからカリーナさん特製のシチューをすくう。

今日の昼食はコック・オ・ヴァンのようなもので、先ほどから香草とニンニクのいい香りに刺激された私のお腹の虫がグーグー鳴いている。食事の挨拶を済ませたことで早く食べようとより一層主張しはじめたお腹の虫に急(せ)かされて揺らめく湯気ごと特製シチューを頬張れば、募った期待を裏切らない味が口いっぱいに広がった。

コック・オ・ヴァンとは、赤ワインで漬け込んだ薄切り野菜と鶏肉を煮込んで作られるワインの国ならではの家庭料理だ。アルコールで柔らかくなった鶏をよく煮込むことで口に含めばホロリと崩れるお肉となり、野菜を裏ごしして作られたソースは素材の優しい甘さと赤ワインの程よい酸味、それからタイムやベイリーフが醸し出す風味が混ざり合ってたまらない。ほどよくきいたニンニクが食欲を刺激し、付け合わせで入っているマッシュルームや玉ねぎがいい具合に緩急をつけてくれるので飽きることなくスプーンが進み、添えられているパンにソースを付けて食べれば噛みしめる度に肉汁とワインの豊かさが感じられて大満足な一品である。濃厚な味がもたらす幸せな一時に、ついつい頬が緩んでしまう。

欲を言えば、煮込むのに使った赤ワインをがぶ呑みしながらチーズもつまみたいけど……。

食道楽に片足突っ込んでるとよく言われる私の願望はこの世界ではとんでもない贅沢(ぜいたく)だと重々承知しているので、心の中にそっとしまっておく。

「味はどうかしら？」

「最高です！」

カリーナさんの問いかけに即答すれば、慈愛の籠った笑みと一緒にパンを一切れ追加してくれた。

完全なる子供扱いだけど嬉しかったので、素直にお礼を言って食事を再開する。

「フェザーはどう?」

「美味しいよ。この料理なら王家の方々だって喜んで口にするさ」

「ありがとう。でもこんなに豊かな味になったのはフェザーの育てた新しい鳥が美味しいからよ」

「そうだね。これなら飼育量を増やしても問題なさそうだ」

「ええ。きっとお客様達も気に入るわ」

「以前育てていたものよりは小さいから、しばらくは繁殖を優先させないと」

「そうねぇ……」

黙々と口を動かしながら拾った二人の会話に、ということは卵の出荷量を落とすのかなとぼんやり考える。

彼らが話している新しい鳥というのは鶏のことで、以前の鳥というのは鶉のことだ。そう思って先ほどの会話を想像するとサイズがおかしいと感じてしまうのだが、これが驚くことにご夫妻が話している鶉は魔王の影響でおおよそ五倍サイズ、つまり体長が一メートルもありその卵は十五センチ前後あったというのだからなんらおかしくなかったりする。

といってもただ地球サイズよりも大きかったわけではなく、魔王が出す瘴気で凶暴な性質を持つ魔獣と呼ばれるものに変化していたようだ。卵肉兼用という点と見た目は私が知っている鶉と大差ないのだけれど、気を抜いたら指を食いちぎられるような鳥だったらしい。しかし魔王が討伐されたことで見知った姿の鶉に変化したというのだから、ある意味いい時期に異世界へ来れたようで少し安心している。

学ラン姿の少年の頑張りにちょっぴり感謝しながら、私はこの世界の卸売市場で見た農作物や家畜といった数々の食材へ想いを馳せたのだった。


私がこの世界の食材達と初対面を果たしたのは、フェザーさんと雇用契約を結んだ帰り道のこと。

希望通り住み込みで働ける就職先を見つけることができた私は、少し軽くなった胸を抱えて雇用主であるフェザーさんの後を付いて歩いた。

私達が今歩いているのはどうやら日本で言う卸売市場みたいなところのようで、そこかしこで野菜やお肉の競りや買い付けが行われており、元気のいい声がそこかしこで飛び交っている。

「そこの兄さん！　オリュゾン産のカブはどうだい？　今朝収穫したばっかりなんだ」

「いいな。一箱いくらだ」

ピンと伸びる青々とした葉を持ち白くツヤツヤしたカブの実を見せつけていたおじさんが、足を止めた料理人らしきお兄さんに指で金額を提示するけど納得のいく金額ではなかったらしい。

「……それは高すぎる。一箱分の実を集めても前のカブ一個分にならない量だろう？　あんたの言い値で仕入れていたら俺の店が潰れてしまうから、もっと安くしてくれ」

「魔王討伐前と比べんなよ、兄ちゃん。たしかに前は実一個がこの箱位のサイズだったが、今はどこもこの大きさだ。他の野菜だってそうだろう？」

「それはそうだが……」

新鮮なカブがぎっしり詰められている木箱を指差しながら値段交渉しているお兄さんとおじさんの会話内容に驚き、まじまじとカブを眺める。

おじさんの手にしていたカブは私も知っているものとなんら変わりない。スーパーなどに並んでいる三、四個ずつをまとめ一束にして売られているあのカブだった。一方、お兄さんが例えとして挙げた木箱は、私が両手で抱えられるかどうかといった大きさで。

――え？　カブ一個があんなに大きかったの？

衝撃の事実である。

しかもおじさんの言葉が本当なら、他の野菜もそれぐらい大きかったってことになる。

カブのサイズ比がそれほどあるなら、大根とかは幼児と変わらない大きさってこと⁉

フェザーさんと出会う前は農作業とかならできるかなとか考えていたけど、とんでもなかった。

そんな重労働、まったくできる気がしない。

異世界だってことを甘く見てたわ……。

勇者様が魔王を倒したから脅威となる勢力はもうないって皆が言っていたし、オリュゾンに来るまでが順調だったのであまり深く考えていなかったけど、私はとんでもないところに来てしまったみたい。どうしよう。住み込み可という条件に惹（ひ）かれ即決してしまったけどフェザーさんの言う仕事を自分がこなせるのか、これから先この世界でやって行けるのか急に不安になってきた。

「――マリー？」

耳を掠（かす）めたフェザーさんの声に、私はハッと顔をあげる。

前を向くなり目に映ったのは、心配そうに振り返り戻ってくるフェザーさんの姿だった。

ここは異世界なのだと不意に突きつけられて動揺するあまり、私はいつの間にか足を止めてしまっていたらしい。

「ごめん。歩くのが速かったかな?」

そう言って、疲れたなら少し休もうかと問いかけるフェザーさんに目の辺りがジワリと熱を持つ。

優しい人、なのだろう。

面接中もそう感じる場面が何度かあった。移民の中には故郷や家族を失った人がたくさんいて、雇用する側もあまり気に留めていないようだった。だから私も天涯孤独だと申告していたのだけれど、他の雇用主がスルーする中フェザーさんは痛ましげな表情を向け、不躾なことを聞いたと謝ってくれるものだから大変申し訳ない気持ちになったくらいだ。

それもあって、フェザーさんにお世話になろうって決めたのよね。

心配そうにこちらを見つめるフェザーさんの姿に就職を決めた時の気持ちを思い出しながら、私は心の中で頷く。

だから多分、大丈夫。

この人のところでなら私は頑張れる。

心配そうな眼差しを向けてくれるフェザーさんにそう思い直した私は、この場を誤魔化すべく今しがた見ていた光景を伝えた。

「あそこの方が今日採れたものだと言ってカブを勧めていたんですけど、以前は積んである木箱と一個分が同じくらいの大きさだっただろうと料理人らしき方が言っていたので……」

「ああ、成程。以前はどの野菜ももっと大きくて、お客さんが野菜を買う時には使いやすいようにお店側がブロック状に切り分けて並べてたから丸ごとは珍しいかもね。生産者や販売店の人間でなければ、野菜の全体を見る機会なんてないだろうし」

独自の解釈で納得してくれた上に新たな情報までくれたフェザーさんに罪悪感を抱きつつ、そうなんですと頷く。

それにしても、ブロック状に切り分けられた野菜ってどんな感じだったんだろう。豆腐みたいに四角くなった野菜が並んでいたのかなと私がこちらの販売店を思い描いていると、なにを思ったのかフェザーさんが「それならば」と言って市場で売られている食材の説明を開始してくれた。

「マリーがさっき話していたカブを売っている人の背後に並んでる茶色いものがマッシュルームだよ。小さくなってないから大国かどこかの備蓄庫に保存されてた輸入品だろうね」

まず初めに、とフェザーさんが指さした先にあるのは茶色い壁だった。よく見ると、プレハブ小屋くらいの大きさの丸いものが並べられているのがわかる。あの辺りだけ他と色が違うなとは考えたけど、商品だとは思いもしなかった……。地球でよく水煮にされて缶詰とか真空パックで売っているマッシュルームは二〜四センチほどであることを考えると、驚くべきサイズである。

ちなみにあれは魔王討伐前に収穫されたもので、現在畑にある野菜や穀物は軒並み小さくなってしまっているけど備蓄庫に仕舞われた分は大きいままらしい。大きい野菜が並ぶ光景は壮観だろうから、いつか機会があったらその備蓄庫の中に入ってみたいと思う。

ちょっとガリバー気分を味わえそうだなと思いつつ、フェザーさんの説明に聞き入ることしばし。

オリュゾン産で採りたてだというゴマやアワ、リーキと呼ばれる西洋のネギやアスパラ、玉ねぎやカリフラワーなどはどれも私の見覚えのある形と大きさで、その中には地球と同じ大きさのマッシュルームもあったりして、瘴気の影響がなくなった農作物は地球とほとんど変わらないんだなという感想を抱いた。これなら困らなさそう。

――あ。そっか。今、畑にある野菜とかはもう縮んでるんだよね。

ふと思い至った事実に、私は肩の力を抜く。

さっきはおじさん達の会話から私が抱えられるかどうかといったサイズのカブを想像してパニックになってしまったけど、魔王が倒され瘴気の影響がなくなった今、そんな心配はいらないのだということに気が付いたのだ。

そういえば、フェザーさんのところの鳥小屋で扱っている鳥も魔獣だった頃は凶暴だったけど、今は小さくて無害だって言ってたじゃない。だから私でも働けそうだと思ったんだし。

それほど不安になることはないかもしれないと気を持ち直した私は、先ほどよりもワクワクしながら市場を見学していく。お金が貯まった時に美味しい料理を作るためにも、どんな食材があるのか知っておくのは大事だからね。

フェザーさんの解説にふんふんと頷きながら、大きな卸売市場を進むこと十数分。

市場を抜けて、「さぁ、僕の鳥小屋に向かおう」と歩き出したフェザーさんの背を追いかけていたその途中で、重々しい声が私の耳を掠めた。

「――ウサーって、あの幼児ぐらいの大きさで丸太を噛み砕く鋭い前歯を持つ魔獣だろう？　肉食で人を襲う」

「ああ」

「これがそのウサーなのか？」

不穏な会話に「そんな危険な生き物がここにいるの!?」と驚き、思わず振り返れば悩まし気な表情を浮かべる二人のおじ様が目に映る。

「もう少し肥えたら出荷予定だったんだが、こんなに小さく可愛くなっちまって……同業者が言うには肉質は変わらねぇそうなんだが……」

「ああ。そういや、あんたは顔に似合わず可愛いもんが好きだったな」

「うるせぇよ……こいつら、お貴族様とかに愛玩用で売れねぇかな？」

「女性や子供は好きそうだけど、どうだろうなぁ……」

二人が話題に挙げていたのは、私が見知った姿をした兎で。

強面のおじ様二人がふわふわの兎を腕に抱き、どうしたものかとため息を吐く図はなかなかシュールだった。

……そうだよね。勇者様が頑張ってくれたから、危険な魔獣はもういないんだもんね。

インパクトのある日の前の光景を忘れるようにオーロラの中に倒れ込みながら見た勇者様の顔を瞼の裏に思い浮かべて、肩の力を抜く。

そうして私は新たな生活を始めるため、再び歩き出したのだった。

ここは異世界なのだと改めて思い知らされた記憶を掘り起こしつつ、卸売市場に並んでいた食材達に想いを馳せる。

魔獣と呼ばれていた生き物は軒並み無害な方向に変化しており、野菜や穀物も私が知る姿になっていた。あれならば犯罪に巻き込まれないように気を付けていれば、そうそう命にかかわる事案に遭うことはないと思われる。

現在は輸入や他国から持ってきた栽培方法により収穫された野菜などが主流みたいだけど、森や山にはオリュゾンならではの食材が豊富にあるそうで、自生している食材の採取を仕事にしている人達もいるらしい。

……惜しむらくは、私に森や山を歩く能力がないことね。

私もできることなら森や山に足を運び、食材を取って食費を浮かせたかったけど仕方ない。

どうやら私にも人並みの魔力があるらしいとのことで練習に励んではいるものの、蝋燭くらいの火を出したり生活に必要な水を溜めたりするので精一杯。フェザーさんが言うには練習すれば威力も上がり、火の玉なども出せるようになるらしいのだが、いつになることやらといった感じだ。

それなのに熊とか狼とか猪とか毒蛇とかいる森や山で食料採取なんて無謀、というか魔法の扱い云々の前にそもそも山歩きする体力や技術を私は持ち合わせていない。母の「男は胃袋から掴むのよ」という言葉を信じて、また食道楽気味な自分のためにも料理教室やお菓子教室へ通っていた。それに大学は家政学部だったこともあり、調理技術や食関係の知識は一般女子よりあると自負しているけれども、さすがに狩りはできる気がしない。そのため、市場に並ぶ食材を見る限り豊富な食料があることはわかっていても、今のところ近隣にある森や山に入る気は一切ない。

——食事の質は重要だけど、命はもっと大事だもの。

私は安全なところでコツコツ働く方が性に合っているし、などと考えたところで不意に木製スプーンがカツンとお皿に当たる。

しまった。

あれこれ考えているうちに食べ終わってしまったらしい。

なんてことだとしばし愕然とするも、なくなってしまったものはもう返ってこない。

一日一回の楽しみ、それも折角食べたことのある味のご馳走だったのだからもっと味わえばよかったと思いつつも、私はそっとスプーンを置いた。

お願いすれば優しいカリーナさんは嫌な顔することなくお代わりをよそってくれると思うけど、出会って一か月にも満たない相手にそこまで甘えるのはさすがに図々し過ぎるからね。こんな状況だから生き抜くためには多少図太くなければならないと思っているけど、どんな相手であれ円滑な人間関係を築き維持していくためには決して謙虚さを忘れない方がいい。どれほど子供扱いされてそれに甘んじていたとしても、私は社会人五年目となるいい歳した大人だもの。最低限の礼儀はわきまえておかないと。

それにまったく大変そうなそぶりを見せないけど、フェザーさん達だってこれまで育てていた鳥達が小さくなってしまい新たに捕まえた鶏の飼育や研究で大変な時であるはずなのだ。その証拠に、移民の中でも給金が安くすむ孤児や手に職もなく身寄りを亡くし縁者もいない者達から従業員を探していたしね。

真面目に働いていた甲斐あって信頼してもらえたのか、息子は巣立ちそれなりに貯蓄があるからもっと甘えてくれて構わないと言ってくれたけれど、ここは年金や医療保険なんてものは存在しない異世界だもの。老後に備えてのお金だろうに、縁もゆかりもない私のために散財させるわけにはいかない。

……ちゃんと恩返しできるかわからないしね。

私の性格上、散々お世話になってあっさりさよならなんてできない。

だから、やりたいことや贅沢は自分で叶えると決めてる。そうじゃないといざ地球に戻れるってなった時に心置きなく帰れないからね。

あんたは細かいことまで気にし過ぎなのよと言った親友の言葉を思い出し、私はそっと目を伏せる。素直に甘えられる性格ならばもっと楽に生きられるんだろうなとは思うけど、これが私なんだから仕方ない。自力で、もう食べられないと思うほどのご飯に囲まれてみせるわ。

そう決意を新たにした私はフェザーさんやカリーナさん、なにより自分のためにも午後の仕事を頑張ろうと意気込んだのであった。

No.4　フェザー視点

マリーは不思議な雰囲気を持つ少女である。

仕事斡旋場で出会った彼女は年若い女の子だというのに天涯孤独、生まれ育った国はすでになく身一つでこのオリュゾンへやって来たのだと言っていた。

正直、彼女の身上はつい最近まで魔王やその配下によって荒らされてたこの世界では、そう珍しいものではない。しかしマリーの瞳には年齢に見合わない知性と落ち着きが宿っており、なによりすべてを失った者とは思えぬほど生気に満ちていた。

実際、活力溢れる彼女はよく働いてくれたよ。

早くに親元を離れざるをえなかった代償か魔力の使い方を知らず、たまに常識外れというか女性らしからぬ言動を見せることがあったけど、境遇を考えればいたしかたないことだ。

それにマリーは素直で、謙虚な子だった。

僕や妻が注意すればすぐに詫びて同じ失敗を繰り返さないよう気を付けていたし、見様見真似で食前の祈りを捧げる姿はまるで子供が大人の姿から学んでいるようで大変微笑ましい。息子が巣立った寂しさもあり、最近は僕もカリーナも娘を授かったような気分でマリーとの日々を過ごしている。

しかし、初めからそんな風に思っていたわけではない。

代々食肉用の鳥の飼育を行っている家の三男として育った僕は、実家で培った知識や経験を活かして名を上げようと意気込んで妻と共に開拓中のオリュゾンへとやってきた。

なにもない更地に小屋を作り、伝手を頼ったり自分で森や山に入ったりしてこの地での飼育に適した種を探し、さらに美味しい個体を選りすぐり繁殖させてと毎日忙しく過ごしてきた。

一から養鳥場を作りここまで発展させるには沢山の苦労があったけど、カリーナやこの地で生まれた息子の助力もあって今では僕が育てた鳥や卵の味を聞きつけて他国から食べにくる人々も増えてきている。

成長した息子はこの鳥小屋を継ぐために経営や畜産業についてもっと勉強してくると言って今は色々な国を巡っている最中だし、一か月ほど前には女神様が異世界より連れて来られた勇者様が魔王討伐を果たし、世界中が歓喜に沸いてと良いことばかりだった。

とはいえ、人生そう良いことばかりが起こるわけではない。

魔王がいなくなったことで凶暴だった魔獣達は歴史書に描かれているような小さく害の少ない姿に戻り、年々巨大化していた植物達も本来の大きさに戻った。

それは女神様が創造されたあるべき世界の姿へ戻ったということなので大変喜ばしく、勇者様には心から感謝している。彼が魔王を倒してくれたお蔭で収穫作業中に作物の下敷きになったり茎から出た毒を浴びてしまうこともなければ、食肉用に飼育していた魔獣に腕や足を食べられることも運搬中に襲われることもなくなり、仕事中に命を落とす危険性がほぼなくなったからね。

しかし長きに亘り異常な世界の中で暮らしてきたことで人々の感覚は麻痺していたらしく、異変であったはずの事象はいつの間にか日常の光景へと変わっていた。自覚してなかったけど、僕らは魔王によって常識を塗り替えられていたんだ。

その影響は大きく、前よりもずっと安全に生活できるようになったというのに、魔王の支配下にあった環境での暮らしに慣れてしまっていた僕らは世界の変化に戸惑うことも多かった。

大きさが縮んだだけの植物達はまだいい。手で抱えるほどの大きさだった作物が掌サイズになったりしたくらいで、見た目や味に変化はなかったからね。

でも魔獣化していた動物達の変化は想像以上だった。

お蔭で僕みたいに魔獣が生業(なりわい)に関係していたところはどこもその対応に追われている。

例えば僕の養鳥場で育てていたウズー。

淡褐色の羽毛に包まれたウズーは、卵肉兼用できる鳥型の魔獣の中でも小柄。といっても一メートルくらいはあったんだけど、それが今では掌より少し大きいくらいまで縮んでしまった。

肉や卵の味に大きな変化はなく、啄(ついば)まれて指を失(な)くす危険も、突かれて足に穴が空く心配もなくなったのはとてもよかったんだけど、いかんせん小さい。卵はもはや親指の第一関節ほどしかなく、オムレツ一つ作るにも驚くほどの数を割らなければならないから大変だ。

もちろん可愛らしい姿になったウズーでは今までの出荷量を維持することなどできず、僕の養鳥場はほぼ休業状態。旅立った息子の代わりに人を探している最中だったので従業員を路頭に迷わすようなことがなくてよかったけど、至急ウズーの代わりとなる鳥を探さなければならなかった。

そんなこんなで、現在はとりあえず森の中で一番美味しかった白い羽毛で頭の天辺に赤い鶏冠をもった種を捕まえて来て繁殖させているところなんだけど、満足のいく味にするには長い時間をかけて研究していかなければならないだろう。

幸いなことに子育ては終了しているしこれまでの貯えもあるけど、隠居できるほどお金に余裕があるわけではないので頑張って働かなくてはいけないしね。

それにまだ大国にある実家より有名になるという夢も叶えてないからね。オリュゾン産の僕の鳥は世界一だと人々が口にするその日まで、鳥小屋を続ける所存だ。

そんなわけで研究に没頭するためにも縮小運営中とはいえ鳥達の世話を手伝ってくれる人が必要だった。しかし経費の不安から給金が安い移民の中から新たな従業員を探すことにした。その結果、マリーは僕らの元へやってきたというわけだ。

しかし僕とカリーナには従業員を雇うにあたって一つ、大きな懸念があった。

初めて雇った従業員の一人に、鳥の雛や餌の配合といった機密事項を盗まれかけたことがあったからだ。随分昔のことだというのに思い出すといまだに胸が痛む。

早い段階で気が付いたお蔭で大事に至らなかったものの、捕まえた彼の「もともとそのつもりで雇われた」という言葉は胸に深く突き刺さり、今も抜けない棘として残っている。

あれ以来誰かを雇おうとは思えなかった。その所為で妻や息子には迷惑かけたけど二人とも僕を責めることなく一生懸命手伝ってくれて、本当に頭が上がらないよ。

しかしいつまでも僕のわがままに付き合わせることはできない。

だからもう一度勇気を出して、斡旋所へと足を運んだんだ。

息子が旅立った所為で仕事が回らず鳥小屋を縮小したなんてことになったら、責任感の強いあの子が気に病んでしまうから従業員を探そうと思ってね。

けれども、働き盛りの男を見ると疑心が過ってしまってなかなか選ぶことができなかった。だから苦肉の策として力仕事は望めないものの、御しやすそうな年若い子の中から従業員を探すことにしたんだ。

斡旋所で出会ったマリーは僕の理想通りだったし、想像していたよりもずっと真面目に働いてくれたよ。

でも、やはり鳥達の餌をほしがった。

正しくは、餌に混ぜているお米を彼女は買い取らせてほしいと言ったんだけどね。

僕の祖国などで見られる細長いものと違いオリュゾンの米は楕円(だえん)形で丸みがある品種で、我が家の鳥の美味しさの一因でもある。他国の養鳥業者には知られたくない秘訣(ひけつ)の一つだった。

真面目で気立てがいい子だと感じていた分、僕やカリーナの悲しみは深く。やるせない気持ちで一杯だったけど、僕は経営者としてまた家庭を守る主人として我が家の育成の秘訣を易々と流出させるわけにはいかなかった。

しかしマリーを捕まえただけでは、また同じことを繰り返すことになる。大本を懲らしめなければ第二、第三の刺客が送り込まれてくるかもしれない。そう考えた僕はとりあえず彼女がどこの者と繋がっているかを知るためにほしがった餌を渡し、カリーナと共にマリーの行動を見張ることにした。


しかし僕らの悲しい予想は、いい意味で裏切られることになる。

「…………ねぇ、フェザー」

「なんだい？」

「マリーはなにをしてるのかしら？」

「……さぁ？」

依頼主へ送るため手紙に同封したり小物の中に隠したりするわけでなく、ザルを重ねた壺の中にお米を投入したままピクリとも動かないマリーに僕らは首を傾げる。

もしやお米を育ててどんな植物になるのか調べるつもりなのだろうか。しかし魔力の有無さえわかっていないなかったマリーに、そんな高度な魔法が扱えるのか。いやもしかしたら魔法が使えない演技をしていたのかもしれない。

そんなことを考えながら壺の中をジッと覗き込む彼女の動向を見守っていたのだが、かれこれ十五分近く経っている。壺からお米が生る植物が伸びてくる気配はなく、分析しているにしても時間がかかり過ぎである。

彼女は一体なにをしているのだろうか。緊張と疑問を胸に見守っていると、それから少ししてマリーが動き出した。

立ち上がった彼女の腕の中には、白い粒が入ったザルが大切そうに抱えられている。

「あの白いのがお米なのよね？」

「……たぶん」

恐らく魔法で加工したのだろうがどうやったのだろう。

そしてなんのために？

意図の見えない行動に頭を捻っているとマリーは水でお米を数回洗い、最後に綺麗な水の中へザルごと浸した。

そして再びお米を見守ること三十分ほど。

ザルを引き揚げて水切りしたかと思えば、一粒残さず鍋に入れて水を注ぎ、蓋をして火にかけた。

「…………もしかして、食べるのかしら？」

「お米を？」

「だって料理しているみたいじゃない？」

カリーナの言葉に確かにと納得しかけたけれども、お米を食べるなど僕は聞いたことがなかった。我が家でも麦などの穀物をスープなどにして食べることはあるけれども、お米は入っていなかったはずだ。それになにより。

「他の具や調味料も入れずに？」

「……茹でてるんじゃないかしら」

「茹でたら美味しいのかい？」

「食べたことないからわからないわよ」

茹でたお米を思い描くがまったく味が想像できなくて、カリーナに尋ねればそっけない反応が返ってくる。

「茹でるだけで食べられるのなら、もっと前から貧民街の人達が食料にしているんじゃないかな。水辺に行けば生えているんだし」

「そう言われてみると確かにそうよね」

「だろう？」

思ったままを呟けばカリーナも同意してくれた。

しかしその到底美味しいとは思えないお米を、マリーは真剣に調理（？）しているわけで。

僕らの間になんともいえない空気が漂う。


そうして無言のまま、火加減を弱めたり強めたりするマリーを観察し続けること数十分。

蓋を開けて湯気に顔を綻ばせた彼女は、白いお米を幸せそうな表情で頬張っていた。

柔らかそうではあるけど……。

味なんてないのではなかろうか。だってマリーは鍋にお米と水しか入れてないし、出来上がったものに調味料をかけていないのだから。

おかずもないのに美味しそうにお米を口に運ぶマリーの姿が段々滲んできて、僕はよく見ることができなかった。

彼女は天涯孤独でなにも持っていない。

だから飼育場の近くに研究用に建てた小屋を貸してあげることにしたんだからね。家から払われる給金でやっとご飯を食べられるような状況だ。

そんな状態でも、マリーには叶えたい夢があるらしい。

服はカリーナがおさがりをくれたから次は住まいを借りられるように頑張る。そして自分の住まいを手に入れたら家具などを揃えて美味しいものをお腹いっぱい食べて。いつか、世界を巡る旅をするんだって。

そのために彼女が決して多くはない給金から、毎日少しずつお金を貯めているのは知っていた。

でもまさか、そのためにお米を食べるとは。

たしかにパンを毎日お店で買ったり、材料を揃えて自分で焼いたりするよりもずっと安くお腹を満たすことができるだろうけど、お米を主食にしようと考えるなんて誰が想像するだろうか。毒はないし、鳥達も食べてるんだから食べられるんだろうけども覚悟が深いというか、思いきりがいいというかなんというか……逞し過ぎるよ、マリー。

そんな僕の心の声が届くことはなく、ほどなくしてお米を食べ終えた彼女は鼻歌交じりにお鍋を洗っていた。


本当は美味しいものなのか、お米を食べられるだけでも幸せなのか。


僕らはマリーに問うことができず、それからしばらくして帰路についた。

彼女を疑い監視していたことを知られたくなかったし、もしお米が美味しいものでなかったら、と考えたら怖くなったからだ。だって美味しくもないお米であれほど幸せそうなマリーは、僕らの元に来るまでなにを食べていたんだという疑問が出てきてしまうからね。確かめなければと思うものの、僕もカリーナも恐ろしくて未だにお米へ挑戦することができないでいる。

しかし近いうちに必ず。

勇気を出して真相を確かめるから、もう少しの間だけ意気地のない僕を許してほしい。

決意と謝罪を心の中で呟きながらチラリとマリーを見れば、彼女はあの日と同じく鼻歌を歌いながら餌箱を掃除していて。単調な作業を厭うことなく午前と変わらない、むしろそれ以上にせっせと仕事に励むマリーのひたむきな姿に熱くなる目頭を押さえて誤魔化した。

彼女がどんな生活を送って来たのか僕らにはわからないけど、その境遇を思えば容易なものではないのはたしかだ。だって、マリーは甘えるということを知らないみたいだからね。

今日のお昼だって、結局お代わりしなかったし……。

僕らが勧めても一人前以上を口にすることはなく、空っぽになった皿を残念そうに眺めながらカトラリーを置いてしまう。聡明であるが故に我が家の現状を察したのだろう。だからこそマリーは余計頑なに僕やカリーナを頼らないようにしているのはなんとなくわかっているし、そんな彼女を謙虚で優しい子だと思う。

しかし同時に、大変臆病な子なのだろうとも思う。

屈託なく笑う一方で、ここを追い出されないように僕やカリーナの顔色を窺い、距離を測るその姿は飼い慣らす前の鳥達と同じだ。

鳥達と一緒で焦りは禁物――。

怖がらせないよう慎重に信頼関係を築きつつそっと囲い込み、どこに行っても恥ずかしくないよう彼女に足りない知識を補ってやろうと思う。そしてゆくゆくはマリーの親として、彼女の結婚式にカリーナと出席するんだ。

めくるめく想像の末に、生半可な男には絶対嫁にやらないぞと一人決意を固めていると可愛らしくも落ち着いた声が僕を呼ぶ。

「フェザーさん！　終わったので確認をお願いします」

「うん。すぐ行くよ」

元気な声で僕を呼ぶマリーに笑いかけて、持っていた鳥達の観察記録を閉じる。そして彼女の元へ向かった。

「どうですか？」

「とても綺麗になってるから大丈夫だよ」

働きぶりに太鼓判を押してやれば、マリーは花綻ぶような笑みを僕に返してくれる。辛い過去など感じさせないその屈託ない笑顔が、彼女の強さと心根を表しているようでとても眩しかった。

この笑みが曇ることのないよう、見守ってやりたいと思う。

そのためにもまずは新しい鳥達の飼育を成功させて以前の経営状態まで戻す、そして研究を重ね以前よりももっと大きくするんだ。もう人を雇うのが怖いなどとは言わない。手広く商売できるよう沢山の従業員を育て上げて、実家を超える大規模な鳥小屋にしてみせよう。少しくらい頼っても大丈夫だと思ってもらえるような財を築き、器の大きな人間になるんだ。そうでないとマリーはきっと遠慮してしまって、甘えてくれないだろうからね。

不器用な子供に甘え方を教えてあげるのは、周囲にいる大人の仕事だ。

「掃き掃除の道具を取りに行ってきますね」

「うん。ありがとう」

マリーが両手を伸ばして甘えてくれる日を夢みながら、僕は軽やかな足取りで次の仕事に取りかかる彼女を見送った。

№5　そぼろの二色丼

　空いた時間にフェザーさんから魔法の使い方を教えてもらいつつ仕事に励むこと数時間。

　渡すものがあるから仕事が終わったら家に寄ってほしいというカリーナさんからの言付けをフェザーさんから聞いていた私は、疲れた体を引きずりつつご夫妻の家の扉を叩いた。

　そして現在、小躍りして喜びたい衝動を必死に抑え込みながらカリーナさんに見送られている。

「それじゃぁ、気を付けて帰るのよ？」

「はいっ！」

　隠しきれない喜びに引きずられてつい大きな声を出してしまった所為で、カリーナさんから子供を見るような微笑ましい表情を向けられてしまったが、今回ばかりは仕方ない。

「本当にありがとうございます」

　そう言ってお裾分けしていただいた食材や調味料が入った籠を両腕でしっかりと抱えて深々と頭を下げれば、優しい声が耳をくすぐる。

「どういたしまして。また買いすぎちゃったらもらってね」

「喜んで。とっても嬉しいです」

　向けられた温かな笑みにしみじみと自身の幸運を噛みしめる。

　――本当にいいところに就職できたなぁ。

今着ている可愛らしい色合いのコットやシュルコそれからベルトなどもカリーナさんが譲ってくれた物だというのに、こうして頻繁に食材や調味料などを分けてくれる。その上、寝泊まりさせてもらっている小屋に置いてあるベッドや調理器具も自由に使っていいと言ってくれるし、フェザーさんやカリーナさんには本当に感謝してもしきれない。

「それはよかった。また明日ね」

「はい。それでは帰りますね。お休みなさい」

「ええ。ゆっくり休んでね」

カリーナさんの言葉にペコリと頭を下げれば、少ししてパタンと軽い音を立てて扉が閉まる。

そうして彼女が家の中に入ったのを見送った私は、クルリと身を翻して鳥小屋を越えた先にある自分の寝床に向かって歩き出した。

仕事終わりということもあって体は疲れているものの、その足取りはとても軽い。

理由はわかっている。

カリーナさんがくれた調味料だ。

我慢しきれず足を止めた私は、見られて困る人はもういないので存分に顔を緩ませながら腕に抱いた籠の中身を眺める。お裾分けだと言ってカリーナさんが渡してくれた籠の中には今朝回収した鶏や鶉の卵や、昼食を作った残りだという掌大の鶏肉に市場で買って来たというチーズとパン、それから調味料が入った小瓶。ガラス製ではないので小瓶の中身を見ることはできないけど、私の脳裏では日本人ならば忘れることのできない黒い液体、醤油（しょうゆ）がチャプンと音を立てて揺れていた。

――とんでもないタイミングで叫ばれた所為で異世界トリップしちゃったから正直滅茶苦茶恨ん

でたけど、少しだけ許せたわ。この世界に醤油を持ち込んでおいてくれてありがとう勇者様！

知ったばかりの事実に興奮しながら、日本にいるだろう男子高校生の姿を思い浮かべて感謝の言葉を叫ぶ。


魅惑の調味料、醤油。

それが何故この世界に存在するのかと言えば、それは勇者様が転移してきた五年前に遡る。

当時、女神様に導かれてこの世界にいらっしゃった漆黒の衣を纏う勇者様は、羽根よりも軽くシルクのように滑らかな白き袋にガラスよりも透明な未知の容器に注がれた黒き調味料『ショーユ』を入れて手に持たれていたらしい。恐らく、コンビニかスーパーかどこかでお使いをしてきた帰りだったのだろう。

勇者ユウトは『ショーユ』を大変好まれ、来訪当初はどの料理にもかけていたそうだ。

しかし、調味料は使えばなくなるわけで。

日に日に減っていく『ショーユ』を悲し気に見つめる彼のために、友人だった大国の王子様を筆頭に周囲の人間達が奮起したらしい。貴重な異世界の調味料を勇者から分けてもらった彼らは様々な人脈を駆使して大豆を見つけだし、名高い料理人やチーズ職人やパン職人、農家など多くの人を動員して研究開発すること三年。完全に再現できたとは言えないが、ついに『ショーユ』に近いものの製造に成功したらしい。

ちなみに醤油は科学の発展に伴い機械化や温度コントロールが容易になった現代の日本でも大豆と小麦、麹、食塩で作られたもろみの発酵・熟成にはおおむね八～十か月の時間が必要である。

最短だと六か月くらいでも可能らしいけどね。その上、澄んだ液体にするためには圧搾作業を急がずゆっくりおこなわなければならないので、完成までに結構な時間が必要となる調味料である。

発酵や熟成という技術に長けたチーズ職人やパン職人がいたところで製造手順はまったく異なるのだから、完成までには大変な苦労と計り知れない創意工夫があったことは間違いない。その研究は今なお続いているというので、醤油開発に携わっている職人様方には心からお疲れ様ですという言葉を贈りたいところである。

そんなこんなで異世界の食卓に登場した醤油は、数々の偉業を成し遂げた勇者様の愛用品という宣伝効果も相まって『勇者ユウトのショーユ』として世界中で急速に広まったらしい。

現在では調味料の一角を担う存在として地位を確立しているようで、カリーナさんの話によると頑張れば庶民でも手の届く少しお高い調味料といった位置づけみたい。フェザーさんの家でもたまに使っているらしく、カリーナさんはきっと私は口にしたことがないだろうと考えて新しく購入したのを機に少し分けてくれたというわけだ。

新しく飼育し始めた鶏の餌を調整するためにフェザーさんが調達してきた籾摺りしたての玄米、しかも海外でよく見られる細長い粒のインディカ米ではなくて日本で食べられているのと同じ楕円形のジャポニカ米を持ってきた時にも驚いたが、醤油はそれ以上の衝撃があった。

目玉焼きに醤油かゆで卵か……それとも卵焼き？　いや炒り卵でそぼろご飯とか和風チャーハンとかもありかも――。

これまではカリーナさんが分けてくれた塩と蜂蜜しかなかったが、ここに醤油が加われば料理の幅は一気に広がる。瞬く間に浮かび上がる卵料理の数々に、私の気分はうなぎ登りだ。

みるみるうちに膨らむ妄想にお腹が鳴ったところで「いや。やっぱりここは産みたて卵があるのだから卵かけご飯でしょう」という結論に至った私は、満足感一杯に頷いて再び歩き出す。端から見れば完全におかしな子だろうけど、周囲には誰もいないので問題はない。

——卵かけご飯にするならやっぱり白米よね。

慣れてないからか魔法を使うととても疲れるけど、白米のためならば仕方ない。帰ったらもうひと頑張りするとしよう。

火球や水球といった基礎魔法と言われるものは魔法を習い始めて十日以上経った今でも上手く扱えないのに、風魔法を使って精米することは最初からできた私ってちょっとどうなんだろう……と思ったりしないでもないけど、気にしたら負けだと思ってる。

本能に忠実な自分に悲しみを覚えるよりも、小麦を主食とするパン食文化圏で籾摺りされてすでに玄米となっているお米が手に入る奇跡をありがたく思い、感謝するべきだもの。籾摺りを自力でやろうと思ったら、大変なんて言葉では済まされないほどの労力と時間が必要になるからね。わざわざ籾付きと籾無しの餌を与えて、鳥の肉質変化を観察している研究熱心なフェザーさんに感謝である。『世界一美味しい鳥肉にしてみせる』と豪語しているだけあり、彼の鳥達に対する愛情は際限がない。

醤油を異世界に持ち込んでくれた勇者様やお裾分けしてくれたカリーナさん、フェザーさんが鳥達へ注ぐ情熱に感謝を捧げながら私は物置へ向かうため足早に進む。

鳥達の匂いが付かないようにとフェザーさんが朝一で仕入れた玄米から私の食べる分をよけて物置に置いていてくれているので、早く回収して帰るんだ。

ちなみにお米の保管場所がなぜフェザーさん宅の台所や食料庫ではないのかというと、この世界の不思議なお米事情に起因する。

なんでも大変もったいないことに、この世界でのお米は飼料として用いられることはあっても人間は食べないらしい。衝撃の事実である。

お米を初めて分けてもらってから数日後、恐る恐るといった様子でご夫妻から美味しいのか尋ねられた時はとても驚いた。拳を握り即答しておいたが、フェザーさんやカリーナさんは半信半疑といった様子で、この世界でお米を食べる人間は珍しいのだと思い知らされたのは記憶に新しい。

お米が食べられていない理由は不明。

過去の地球と似た食文化を辿(たど)っているようなので普及していてもおかしくないんだけど、一体なにが原因でこんなことになってしまったのか。不思議だけど、お蔭様で安くお米を手に入れられるので正直助かっている。

ちなみにお二人はお米の味に興味があるようだったので、炊いたご飯を食べてみるか尋ねてみたんだけど、反応は芳しくなかった。これまでお米を食べようと考えたことがなかったから、口にするのに抵抗があるんだと思う。そのうち試してみるとは言っていたので、それ以上勧めたりはしていない。食べる物に困っていないのに無理強いする必要はないからね。

しかしお米の普及を諦めたわけではなく、あくまでも『今は』だ。

だって料理上手なカリーナさんがどんな風に調理するのか気になるし、ご飯は腹持ちがいいのでお昼に出してくれると嬉しいもの。私の食生活のためにもフェザーさん達にはぜひ、お米の虜(とりこ)になってほしいところである。

なにかいいきっかけはないかな、と思案しながら歩いていると思い描いた米料理につられたのか、お腹の虫がぐーと鳴く。私の胃袋は今日も今日とて素直だ。

——精米したての白米と朝採り卵と醤油で卵かけご飯なんて絶対美味しいもの。楽しみだわ。

米食の普及計画はどこへやら。

空腹に意識を持っていかれた私の脳裏に艶々の卵かけご飯が浮かぶ。


そうして夕食に想いを馳せていたのがまずかったのだろう。

心ここにあらずといった状態だった私は先客の存在にまったく気が付くことなく、暢気（のんき）に物置へ足を踏み入れてしまったのだった。

——パサ、パササパサ。
中に入ると布かなにかを叩くような軽い音が耳を掠めた気がして、私は首を傾げる。物置に生き物などいないし、害獣や害虫対策は魔法でしっかりなされているとフェザーさんは言っていたからだ。
それなのに自分が出す以外の音が聞こえたことに疑問を抱いたものの、しかしこの時の私は不思議に思っただけでそれが危険なことであるとは露ほども感じていなかった。
鶏の観察をしているフェザーさんがなにか思い立って必要なものを取りに来たのかな、くらいにしか考えていなかった。

　実に平和ボケした日本人らしい発想である。

「フェザーさん？　どこにいらっしゃるんですか？」

　真っ暗な物置の中に私の声が響く。

　夜目の利かない私では薄暗い物置の奥まで見渡すことなどできないのだが、異世界の人々は慣れているらしく明かりなどの設備はついていない。フェザーさんはおろかカリーナさんも明かりを持たないで入ることが多いので、私は暗闇で物音がしたことになんの疑問も抱かずそう問いかけた。

　しかし返事は聞こえてこない。

　一体なにをしているのだろう、と首を捻りつつもなにかしているなら手伝った方がいいよねという考えのもと、私はカリーナさんがくれた籠を入り口付近に置かれた机の上に載せた。そして代わりにフェザーさんが私のために用意してくれた明かりを灯す魔道具を手に持つ。

　そしてさらに物置の奥へと進むこと数歩。

　突然何者かの手で口をふさがれ、魔道具を持つ手を捻り上げられる。

「――騒がず抵抗もするな。不審な動きをしたら殺す」

　鼓膜を震わす妖しげな低音にゾクリと背筋が震えたのも束の間、囁かれた言葉の意味を理解するや否や、その物騒さにザッと音が聞こえそうな勢いで自身の顔から血の気が引いていくのがわかった。

慌てふためく脳で物盗りと遭遇してしまったことをなんとか認識したものの、刃物を突き付けられているわけでもないのに恐怖に染まった体はピクリとも動かない。生まれてこの方事故現場に居合わせたこともなければ、犯罪に巻き込まれた経験など一度もなかった私は完全にパニック状態だった。

もう少し冷静だったならば私の口を塞ぐ男の手がひどく痩せ細っていて、全力で抵抗すれば逃げられる可能性があると気が付けたかもしれなかったが、物盗りと遭遇してしまった驚きと殺されるかもしれないという恐怖で周りを観察する余裕なんて私には残っていなかった。

背後にいる犯人を刺激しないようにしないと、という考えが頭の中を占める。しかし明かりを灯す魔道具がカタカタと揺れるのを止めなくてはと思えば思うほど震える己の手をどうしたらいいのかわからなくて、ただバクバクと心臓が激しい音を立てた。二人分の息遣いとカタカタ揺れる魔道具の音と早鐘のように鳴る心音が世界のすべてなんじゃないかと思えるほど私の聴覚は支配され、ただならぬ緊張に瞬きも忘れた目は乾ききっていて涙なんか出てこないし、ただただ体を強張らせることしかできなかった。

しかし明らかに怯え切ったその反応が功を奏したのか、背後にいた男がたじろぐように息を呑む。そしてなにかを言いかけるように何度か吐息のような言葉にならない音を出し、やがて捻り上げていた私の腕をゆっくりと下ろしはじめた。

「………言うことを聞くなら、乱暴なことはしない。だから、その……少し、落ち着くといい」

私をこれ以上刺激しないようにという気遣いが感じられる男の声色は思い浮かべていた犯人像よ

りもずっと若く、隠しきれない戸惑いがたっぷりと含まれていて。耳元で聞こえる艶やかな低音に導かれるように視線を動かせば、動揺に揺れるアンバーの瞳が私を見下ろしていた。

「騒がず、逃げないなら、手を離す。誓えるか？」

言い聞かせるかのごとく一言ずつ区切りながら確認されて思わずコクリと頷けば、男は念を押すように「騒ぐなよ」と呟いたあとゆっくりと口を塞いでいた手を外す。とはいえその手が離れることはなく、掴まれたままの腕とは反対側の肩にそっと添えられた。

本当に騒いだり暴れたりしないか警戒してのことなのだろう。

しかし惑うアンバーの瞳からはもはや敵意など感じられず、私はそこでようやく詰めていた息を吐き出すことができた。

そして徐々に収まる心音を感じながら呼吸だけを繰り返すこと、数回。

私が落ち着いてきたのがわかったのか腕を掴んでいた男の指から少しずつ力が抜けていき、やがてスルリと抜け落ちるように手が離される。次いで肩を引かれて互いの顔を見詰め合うような体勢に変えられたことで、ようやく男の全身を見ることができたわけなのだが……。

目に映った男の姿に漏れかけた声を慌てて押し殺した私は、誤魔化すようにゴクリと息を呑む。

――う、嘘でしょ？

対面した男は、思わず目を見張ってしまうほど痩せ衰えていた。

背は頭一つ分ほど高いもののその腕の太さは私とそう大差なく、青白くやつれた顔は明かりを反射して輝くどこか虚ろなアンバーの瞳だけがやけに強調されて見える。チラリと視線を落とせば視界に入る膝まであるモゾモゾ動く袋を下げた腰は大変細く、たいして大きくない荷がやけに重たそうだった。そしてズボンの裾から覗く足首や甲は、ゾッとするほど骨が浮いている。

ようするに、男はとてつもなく貧弱だったのだ。

手にある明かりの魔道具で殴れば私でも勝てそうな気がするほどに。


さっきまで感じてた恐怖って……。

艶のある低音にもっと体格のいい大人の男を思い描いていた私の胸中に、釈然としない想いが広がる。怯えきっていた己が恥ずかしくなるほど頼りない男の外見になんともいえない感情を味わっていると、気を取り直したのか真剣な色を浮かべたアンバーの瞳が私を射貫いた。

「ここへなにしに来た？　男の名を呼んでいたが、主人に言われて様子を見に来たのか？」

相手は物盗りではあるものの「大丈夫？　ちゃんとご飯食べれてる？」と聞きたくなるような状態で、もちろんそんな男に問い詰められたところで恐怖を感じたりはしない。しかし先ほどまでとは別の動揺に支配されていた私は、言葉につかえながらも男の質問へ素直に答えていた。

「しょ、食材を取りに」

「食材？　一通り見たがそんなものはなかった。あったのは縄や薪や木板、あとは米だけだ」

「そのお米を取りに来たんです」

「米？　あれは鳥の餌用だろう」

「私の中では立派な食材ですが」

そろそろ己の許容量を超えそうだと感じていたこともあり、食材としてのお米をあっさり否定された悲しみからつい食い気味に答えてしまった。そのことを後悔するも、男が信じられないといった様子で目を見開いたことでそんな感情も吹き飛ぶ。どうやら見るからに食べるのにも困っていそうな彼にとってもお米は意外な食べ物らしい。美味しいのに……。

「……米だぞ？」

「美味しいですよ？」

「美味しいって、お前……本気で？」

「ええ、とても」

真剣な眼差しで物盗りに正気なのかと暗に問いかけられて少々傷ついたので、半ばやけくそ気味に微笑んでそう答えてやれば、男は茫然自失といった様子で言葉を失った。失礼な。

フェザーさんやカリーナさんにもいい顔はされなかったけど、優しい二人は表立って否定したりはしなかった。だというのに、この男ときたら信じられない生き物を見たといった感情を隠すことなく私を凝視している。もちろんそのような目を向けられたことなんてこれまでないわけで、私の乙女心は深く傷つけられた。

——お米は日本人の主食なんだからね！

失礼しちゃうわ、と声に出したら本当に正気かどうか疑われそうなことを悔し紛れに心の中で叫びつつ、私は物盗りの顔を見据える。

ボサボサの栗毛は適当な刃物で切ったのがありありとわかる有様で、服も至るところがボロボロで裾は擦り切れており、袖から覗く手首は細くて彼が満足に食べることができていないことは明らかだった。しかし表情はほとんど変わらないものの声と瞳は雄弁にその感情を伝えてきて、無感情といったわけではなさそう。

そう観察したところで私の脳裏に、もしかしたら目の前の男が見た目以上に若いのではないかという考えが過る。これまでに聞いた口調や垣間見える動作はなんとなく若さを感じたし、彼はここが物置だとさえ知らないで手あたり次第漁っていたような状態だった。それに手馴れた物盗りならば、立地や主人や従業員について下調べくらいはしているはずなのに、彼はフェザーという名を聞きつつも私に主人に頼まれたのかと尋ねてきた。ということは鳥小屋の主人が誰かさえもわかっていない行き当たりばったりの犯行の可能性が高く、彼の容姿を見る限り貧困に嫌気がさして若さゆえの無謀を犯してしまったのかもしれないとも思えてくる。そう考えると色々しっくりくるしね。

――だから、怯える私にたじろいだのかもしれない。

彼が犯罪に手馴れた根っからの悪人だったならば、あの状況で「少し、落ち着くといい」なんて気遣うような言葉が出てくるとは思えない。考えれば考えるほど目の前の物盗りがそれほど怖い存在ではないように思えてきた私は、もぞもぞと動く彼の腰にくくられた袋を見やったあとグッと拳を握る。

そして再び大きく脈打ち始めた自分の心音を聞きながら、思い切って口を開いた。

「私、今からお米で夕飯を食べる予定なので。よろしければ、一緒に食べますか？」

いまだ衝撃から復帰できていない物盗りにそんな提案をすれば、彼は息を呑んだあと目を瞬かせて私を見詰める。一体なにを言っているんだ此奴はとありありと語るアンバーの瞳にちょっと挫けそうになるけれども、ここまできたら後には引けない。

それに私には、どうしても彼に言わなければいけないことがあったから。

――女は度胸よ！

己をそう奮い立たせてもう一度口を開いた。

「たいした食事ではないですがご馳走します。だからその鳥達は返してください」

彼の腰に下げられた袋の中でもぞもぞと動いている子達を指差して告げれば、物盗りはハッと目を見開く。やはり、袋の中身はフェザーさんが育てている鳥達だったようだ。

大きさからいって恐らく鶉達で、縛られているのか鳴き声や羽音などは聞こえないけど身じろいでいるのか時折パサパサと羽が擦れるような音が袋から聞こえている。仕事終わりに確認した時は鶉も鶏もちゃんと全員揃っていたので、私がカリーナさんの元へ向かったあとに忍び込んで盗ってきたのだろう。

こんな時に思い出すのは、こんなに可愛らしくなってしまってと嘆きつつも鶉達を優しく抱き上げて健康状態をチェックしていたフェザーさんや、母のように優しく微笑んでくれるカリーナさんの顔で。

鳥達の育成の秘訣を探るために誰かから頼まれたのか、それとも己で食べるつもりなのかはわからないけど、どちらにせよこのまま見過ごすなんてことはしたくなかった。

「フェザーさんが大切に育てている子達だから、こんな形でいなくなったらきっと悲しみます。貴方と出会ったことは誰にも言わないので、その子達は小屋に戻してあげてください」

だから私は、物盗りの正面に真っ直ぐ立ってそう告げる。

どれほど痩身であろうとも、自分より頭一つ分大きい男性だ。それにこの世界には魔法なんてものもあるからもしかしたら痛い目に遭うかもしれない。しかしそれでも、今ここで鳥達を取り返す努力もせずに今後ものうのうとこの鳥小屋でお世話になるなんてこと、私にはできなかった。

――私は小心者だからね。

誰かの好意にただ甘えるなんて怖くてできない性質なのだ。

家族や友人、同僚やちょっといい感じになった男性とだってそう。自分が相手の役に立ったから、なにかをしてあげたから相手も返してくれたのだと思えないと安心して甘えられなくて、つい伸ばしてくれた手を払ってしまう。だから本当は全然大丈夫なんかじゃなくても「貴方はしっかり者だから大丈夫よね」と言われてしまい苦労する破目になるのだけど、今さらこの性格は変えられない。

フェザーさんやカリーナさんは目の前の物盗りを逃がしたところで怒ることはないだろうけど、私は間違いなく罪悪感に駆られて二人と顔を合わせることができなくなるから。

――逃げるわけにはいかないの。

ここで過ごした居心地のいい時間を思い出せば出すほど、その想いははっきりと己の中に浮かび上がる。だから私は僅かに震える自身の手には気が付かなかったことにして、目の前の男を真っ直ぐ見据えた。

そうして惑うように揺れるアンバーの瞳を見詰め続けること数分。

根負けしたのか彼はバツが悪そうに視線を逸らすと、ややあってため息と共に私の言葉に頷く。次いでおもむろにベルトに結び付けていた袋の紐を解いて外すと、鶉達を差し出す。

「悪かった」

自嘲を含んだような声色でそう告げた男は鶉達を私に渡すと諦めたように、そしてどこか安心したように薄く笑うと、フッと肩の力を抜いたのだった。


衝撃的な出会いから三十分ほど経った現在。

フェザーさんやカリーナさんに見つかることなく無事に鶏達を元の場所に戻した私と物盗り改めレイスは、夕飯を食べるためお借りしている小屋の中にいた。

鳥達を観察するための仮宿として建てられた小屋には、机と二脚の椅子に仮眠用の簡易ベッドが一つ、それから簡易キッチンやトイレなど生活に必要なものは一通り備え付けられており、中にある物は自由に使っていいと言われている。キッチンには鍋とフライパンそれから包丁やまな板はもちろんボウルやザル、木杓子(きじゃくし)やお玉も揃っているので大助かり。それにカリーナさんが色々と分けてくれるので塩や蜂蜜や醤油といった調味料や臭み消しなどに使われる香草も順調にその数を増やしており、ある程度の調理が可能となっていた。

そんな小屋の中には現在サーッと小雨が降るような音が響いており、レイスが困惑の滲む眼差しで風魔法を駆使して壺に嵌(は)め込んだザルの中でお米を回している私を見詰めている。

「……それはなにをしてるんだ?」

「精米と言ってまぁ、お米を美味しくいただくための作業よ」

「……そうか」

魔法に集中するあまり私が説明を放棄したことがわかったのか、レイスは大人しく口を噤んだ。

私はそんな彼へ目を向けることなく、攪拌式精米機と同じ要領でザル内の玄米を回転させていく。

攪拌式精米機についてはミキサーと似たような原理だと思ってもらえればいいだろう。中央にある刃が回転することで中の玄米が回り、ザルや米粒同士の摩擦により表面の糠が削れる。そして糠はザルの網目を通り壺の中に落ちるといった仕組みだ。

勢い余ってお米がザルから飛び出したり、割れたりしてしまわないよう集中すること十数分。

薄茶色かった玄米がすっかり白くなったところで風魔法を止めれば、自ずとため息が零れた。

ネットで見かける小説なんかではよく主人公がパパッと簡単に魔法を扱っているけど現実はそう甘くなく、なかなか使うのが難しい。

「終わったのか」

「ええ」

レイスの言葉に答えつつ、ようやく終わった精米作業に凝り固まった首や肩を回してほぐしながら白米が入ったザルを抱えて水を溜めた瓶の元へ運ぶ。

この世界での魔力というのはお腹辺りに溜まっており、それを感じとることは案外簡単だった。

だって今まで感じたことのない生温い熱の塊が体の中にあるんだもの。わかりやすい異変だったので、異世界に来た時から薄っすら感じてはいた。

しかし問題は魔力の動かし方だった。

この世界の魔力は体の動きに沿って動く。つまり手や足に向かって腹筋や太ももやら胸筋やらの筋肉を順々に動かしていくことで移動させていく。ようはボディービルダーが左右交互に胸筋を動かしたり、背筋や腕の筋肉を意図的にピクピクと動かしたりできるあの能力が求められており、筋肉を伝い手や足といった必要箇所に移動させた魔力をイメージした事象に変換させるというわけだ。ゲームや漫画を親しむ私にとって、事象をイメージすることは容易い。しかし部位ごとの筋肉など意識して使ったことなどないので、魔力の移動は一苦労である。

もちろん絶え間なくお腹に溜まっている魔力を動かし続けることなどできず、一定量の魔力を移動させて使い、尽きたら最初からもう一度といった方法でしか魔法が使えなかった。しかも移動させるのに数分はかかる。そのために、精米機ならば五分くらいで終わる量でも十数分かかってしまったというわけだ。不便極まりない。

恐らくだが、基礎魔法だという火球や水球がいまだに成功しない理由もそれだと思っている。どちらも火や水を作り出したあとに魔力で形を丸く整えるイメージらしいので、私が一回に動かせる魔力量では足りず成功しないのだろう。

となると解決法は自身の筋肉の把握、フェザーさん達は慣れれば意識しなくても魔力を自在に動かせるようになるよって言ってたけれど、はたしてそんな日は来るのやらといった感じだ。

この世界の魔法をマスターできた暁には、引き締まった美しい体が手に入れられそうだけどね。

「それをどうするんだ？」

「水で洗ったあと軽く水切りして、お鍋で炊くの」

「洗って、炊く……？」

「まぁ、見てればわかるわ」

お行儀よく椅子に座ったまま、不思議そうというよりも不安そうにレイスがお米の行く末を見守っていることには気が付いていたんだけど、説明するのが面倒だったので見なかったことにして、私は作業を進めて行く。百聞は一見に如かずというし、まぁ食べて美味しければ細かいことは気にならなくなるでしょう。

ということでまず精米したお米を小鉢サイズの入れ物で擦りきり十杯、大きめの深皿へと移してお米を研いでいく。

お米を研ぐ回数には様々な説があるが、我が家は水の取り替えは基本的に三回。一回目は吸水されやすいので二、三回軽くかき回して早めに水を捨てる。次いで濡れたお米に指を立てて優しくしっかりかき回して研いだあと水を注ぎ、底から軽くかき混ぜて洗い白く濁った水を捨てるという作業を二回だ。

これらの作業は十分以内に行うとよいらしい。

また、研ぐ際に掌で押し付けるように洗ったり早くかき混ぜすぎると米粒が割れてしまうので注意が必要となる。ちなみに作ってから一年以上経った古米の場合は掌を使ってギュ、ギュとしっかり洗った方が劣化した表面が綺麗になり美味しくなるみたい。

今回は新米なので優しく研ぎ、最後に浸水させるために綺麗な水を注ぐ。この時、お米が薄っすら見えるくらいの濁り具合ならそのまま浸水させ、お米が見えないほど濁っている場合は研いで洗う作業を一、二回足す。お米の量が多いと研ぎが二回では不十分な時があるからね。

浸水時間は大体三十分から一時間、半透明だった米粒が白くなれば終了である。

――浸水してる間に具材を作っちゃおう。

今日は卵かけご飯のつもりだったけどお客様がいるので予定を変更して、卵と鶏肉で二色丼にするつもりだ。海外の方に生卵はハードルが高いらしいという話を聞いたことがあるからね。ただでさえお米を食べるという行為は未知の領域のようだから、ちょっとした優しさである。

というわけで、まずは炒り卵。

いつもならば鶏の卵に砂糖と塩を混ぜて炒る。

しかし砂糖なんて高級品にはまだ手が出ないので、カリーナさんが分けてくれた蜂蜜で代用しようと思う。蜂蜜でもレイスが目を見開いて立ち上がるくらいには贅沢な品なので、おもてなし料理を作るには最適、二色丼をより豪華な物にしてくれるはずだ。

「お前、それは……」

「カリーナさん、ここの奥さんが分けてくれたの。ご馳走してあげるって言ったでしょ？」

そう言って笑えばレイスはなにか言いたそうな様子で口をパクパクと動かしていたけど、無視して調理を進めれば少しして諦めたのかストンと再び腰を下ろした。

逸らされることのない視線をひしひしと背に感じながら私が机に置いたのは魔石コンロとフライパン。魔石コンロは勇者様が語った地球の話を元に大国の魔法使い達が開発した代物で、火加減の調整が可能、しかも動力となる魔石に魔力を溜めておけば魔法が苦手な人でも簡単に使えるという大変ありがたい設計となっている。

――勇者様はここの人達がすごく好きだったんだろうな。

魔王が討伐されるまでの五年間で勇者様がもたらしたという様々な恩恵の内容を聞いた時、そう思った。だって魔王と戦争しているというのに彼が行ったのはスプーンやフォークなどのカトラリーの普及に魔石コンロや魔力式水洗トイレの開発、学校や病院の設立など、生活改善に重きをおいたものばかりだったから。

だからこの世界の人々もまた、勇者様を愛したのだろう。

彼の願い通り、こうした道具が広く普及しているのがなによりの証拠だ。

——ありがたく、使わせていただきます。

奇しくもトリップ前に私が出会った最後の人となった男子高校生の顔を思い浮かべながら心の中で手を合わせて、私は魔石コンロのつまみをひねる。

今日はそぼろ状にするつもりなので火加減は弱火。油を引いたフライパンを温めている間に、調味料を加えた卵を木製のフォークで混ぜていく。ちなみに今回は卵三個に蜂蜜大さじ一杯と塩を三つまみ、卵液を作る際はグルグルかき混ぜるよりも卵白を切るイメージで一文字を書くように往復させる方が手早く綺麗に混ざる。

そろそろいいかな……。

フライパンの上に卵液を一滴落としてパッと色が変わり固まるのを確認したら、残りの卵もすべて投入。次いでフライパンの中を塗りつぶすようにフォークを縦横無尽に細かく動かしながら、卵液をそぼろ状にしていく。フライパンが温まり過ぎてそぼろ状になる前に卵が固まってしまいそうになったら、一度コンロから外して濡れ布巾に載せるなどして温度を下げてあげると失敗が少ない。

そうして完成した炒り卵をお皿に移したら、フライパンは汚れを軽く拭き取り油を塗っておく。

一回ずつフライパンを洗うのは面倒なのでこのまま使うためだ。

人によっては嫌がるかもしれないが私は気にしない。それに異世界での洗い物は大変なのでできるだけ回数は少なくしたいし、連続使用することを考えて味の薄い炒り卵を先にしているので鶏も卵も同じ味なんてことにはならないから私的には問題ない。

――ということで鶏そぼろの準備を始めましょうかね。

カリーナさんが分けてくれた掌大の鶏肉から皮を外しなるべく細かく切り刻んだあと、トントンと包丁で叩いてミンチにしていく。

柔らかく少し粘り気が出はじめれば完成だ。

ミンチができたら合わせ調味料の準備。

といってもみりんや酒や生姜(しょうが)はないので、醤油と蜂蜜を一対一の分量で混ぜ合わせるだけなんだけどね。

見た感じ鶏肉はスーパーの小さいパック三つ分、おおよそ三百グラムほどと思われるので蜂蜜と醤油を大さじ三ずつ。

ちなみに我が家では調味料を火にかける前にミンチに直接混ぜ込んでおく。こうした方が炒めた時にお肉がほぐれやすくなるからだ。

あとは炒り卵と大体同じだけど火加減は少し温度を上げて中火で、フライパンが温まったら味付けした鶏ミンチを投入して木製フォークを動かしながらそぼろ状にしていく。次いで汁気がなくなるまで煮詰めていくのだが、使用した部位によっては脂が浮いてくるのでその場合はスプーンですくい取りつつ炒り煮すれば完成だ。

こちらもお皿に移しておき、フライパンに水を張って冷やしたらついにお米の出番である。

チラリとレイスを見れば出来上がった二色のそぼろを凝視している。蜂蜜や焦げた醤油と鶏肉の脂の香りに刺激されたのかお腹を盛大に鳴らしながら、穴が空くほどそぼろ達を見ている。

まさかここまで来てレイスが狼藉を働くことはないと思うけど、アンバーの瞳に籠る熱量に少し不安になったので念のため釘を刺しておくことにしよう。

「お米を炊いたらできるからもう少し待っててね？」

「――ああ」

聞いているんだかいないんだかわからない返事に少し不安を感じつつ、私は炊飯に取りかかるため浸水していたお米をザルに移して余分な水を切った。しっかり吸水して白くなったお米を鍋に移した私が次いで手に取ったのは、最初にお米を量るのに使った小鉢サイズの入れ物である。

日本ならばお米を米びつに入れておけばボタン一つで何合か量れるし、水加減は炊飯器の内釜に書かれたラインどおりに注げばいいけど、ここは異世界。

お米の分量やそれを炊くのに必要な水を計量してくれる容器もなければ、家庭用の秤もない。ではどうやってお米と正しい水の分量を量るかといえば容積、ようは見かけで量る方法になるわけで。

私が大学時代に教わった水分量は重さならば米の重量に対し一・五倍、見かけの量ならば米の容積に対し一・一倍。古米か新米かまた米の品種などによって水加減は多少前後するが、そのくらいの差は数回炊けばなんとなく調節できるようになる。

というわけで今回は小鉢で十杯分だったので、水は十一杯入れておく。あとは蓋をして鍋を魔石コンロに載せたらいよいよ炊飯だ。

大学生の時は調理実習のたびに鍋でお米を炊かされる意味はあるのかと思っていたけど……。案外必要になる時は訪れるものである。

友人達となんで炊飯器を使わせてくれないのかと先生方に文句を言ってしまったことを、今心から反省している。あの日々があったからこそ、私はこうして異世界でも白米を食べることができているのだから。

懐かしい日々に想いを馳せつつ、私はお米と水を入れて蓋をした鍋をコンロに載せて火を点ける。

まずは中火で五分、沸騰するまで待つ。

鍋の中からブクブク音が聞こえたり、蓋がカタカタ鳴るなどして沸騰していることを確認したら、弱火にして十三分。

最後に焦げないよう注意しつつ強火で五分ほど加熱して鍋肌の水分を乾かしたら、火を消して十分くらい蒸らして完成だ。

ちなみに、時間は両親から就職祝いにもらった手巻き式の時計で計っている。

電池交換をしに行くのは意外と面倒だし、社会人になるのだからこういった物を手入れしながら長く使ってみるのもいいだろうと言ってちょっと奮発してくれた両親のお蔭で大助かりだ。

二人とも元気にしてるかなぁ……。

就職してからほとんど連絡を取ってなかった両親について考えつつ、時計を隠しながら時間を計り火加減を調整することしばし。

――美味しそう。

つやつやと輝くご飯を木杓子でほぐしてホカホカと上がる湯気を吸い込めば、日本人ならば自ずと口元は緩むというもの。

鍋炊きならではのおこげもしっかりできていることを確認した私は一日の疲れも忘れて、ご飯を持ってレイスが待つ机へ向かう。

さぁ、ご飯の時間だ！

「できましたよ」

そぼろに見入っているレイスの注意を引くようにドンとご飯が入ったお鍋を置けば、ようやくアンバーの瞳が白米を映した。

「………これがあの米か？」

ふっくら炊きあがった白米をまじまじと見つめるレイスに頷きながら深皿を手に取りご飯をよそっていけば、子供が初めてみる物体に見入るように私の動きを目で追っているのがわかりクスリと笑みが零れる。

「美味しそうでしょ？」

「……柔らかそうではあるな」

「味は保証するわ」

レイスにそう断言してキッチンからスプーンとそぼろが載った皿も持ってくれれば、レイスの目がわかりやすく輝く。表情筋は死んでいるが、目が雄弁に感情を語る人だ。

熱い視線をひしひしと感じながら、白米を隠すように二色のそぼろで半分ずつ埋めていく。

折角のおかずをご飯の上に載せてしまった私に若干残念そうな顔をしていたけれども、気にせず

レイスの目の前に完成した二色丼を置く。
菜の花を思わせる卵の黄色と鶏そぼろの茶色の対比が鮮やかで、我ながら綺麗に仕上がったと思う。ご飯もいい炊きあがりだったし、この出来ならば一口食べれば不満なんてなくなるに違いない。だって、ふんわり甘い卵そぼろと甘辛い鶏そぼろと白米の組み合わせは最高だもの。

「どうぞ、召し上がれ」

自信満々にそう告げれば、しばしの葛藤のあとレイスはスプーンを手に取り一思いに二色丼をすくって頬張る。あれほどお米に難色を示していたというのに、随分と豪快な食べ方である。

……まぁ、勢いづけないと食べられなかっただけかもしれないけど。

しかし口に入れたなら、こっちのもの。

そんなことを考えながらレイスの様子を窺えば、ぎゅっと閉じられていた目がカッと開かれ煌(きらめ)くアンバーが私を捉えた。喜色の浮かぶその瞳を見れば、彼の口に合ったかどうかは一目瞭然で私の口元も綻ぶ。

「美味しいでしょ?」

勝ち誇った表情を浮かべているだろう私にレイスはコクコクと首を縦に振って、再び二色丼を口に運ぶ。この様子ならば、彼の口からお米を否定する言葉が出ることはもうないだろう。

温かい食事は久しぶりなのか、目を潤ませながらも手を止めることのないレイスはしばらくそっとしておいてあげることにして、私もスプーンを手に取る。

そうして小さな声でそっと呟いた。

「――感謝を」

フェザーさんやカリーナさん、大学時代の恩師や両親、それからこの世界で頑張ってくれた勇者様に万感の想いで感謝の言葉を捧げて、私は二色丼をすくいあげる。

綺麗な黄色を載せたご飯を口に入れれば優しい甘さの卵とホカホカ温かいご飯が疲れた体にじんわりと染み渡り、次いで茶色い鶏そぼろを食べれば肉汁と甘辛い味が白米と絡み合ってエネルギーが満たされていく気がする。贅沢に二色同時に頬張れば卵が醤油と肉汁を受け止め、優しくも満ち足りた味が口一杯に広がった。

——幸せだわ。

時々鼻を抜けるおこげの香ばしさが、そぼろと合わさるとたまらない。

醤油の偉大さを感じながら一色ずつ食べたり、二色同時に口へ運び噛みしめること数回。

不意にカランッと乾いた音が耳を打つ。

「——はぁ」

そして続いた残念そうなため息に顔を上げれば、空になった皿を見詰めるレイスが目に映る。どうやらもう食べ終わってしまったらしい。

ジッと空の皿を凝視するその眼差しは哀愁を帯びていて、ひどく悲しそうだった。

「もっと食べます？」

「！　いいのか？」

寂しげな雰囲気に押されるようにお代わりをいるかと尋ねれば、パッと弾かれるようにレイスの顔が上がる。表情筋はピクリとも動いていないけどその瞳と声は大変嬉しそうで、彼の周りに花が咲いたかのように雰囲気が一気に華やいだ。

……表情を変えることなく雄弁に感情を伝えるなんて、随分と器用なことするわね。

そう感心する一方で美味しかったと物語るレイスの素直な反応が嬉しくて、私の中で彼への好感度が増していく。自分が作った料理を気に入ってもらえるというのはくすぐったい感じがするけど、幸せな気分にさせてくれるものだ。

「そのつもりで多めに作ったから」

気を抜いたら緩んでしまいそうな頬を引き締めつつ、空になったレイスの器を手に取り新たにご飯とそぼろをよそってあげれば、私の一挙一動を嬉しそうな目で追ってくるものだから思わずふっと笑い声が零れてしまった。

適当に切りそろえられたボサボサの髪と痩せ細っている所為でレイスの顔から年齢を推測することは難しい。だから頭一つ分高い身長と艶のある低音に大人の男を想像していたけれど、こういった行動を見る限りどうも彼は私よりも若い気がするのよね。

「はい。どうぞ」

無邪気ともいえるレイスの反応にそんなことを考えながらよそり終わった二色丼を置いてあげると、まだ湯気の立っているご飯にアンバーの瞳が眩しそうに細められた。次いでその視線が私に向いたかと思えばレイスの口元が僅かに緩む。

「――ありがとう」

ともすると聞き逃してしまいそうな声量で告げられた感謝の言葉と、初めてレイスの顔に浮かんだ表情に私の心臓が跳ねた。

たったの五文字分。

しかし噛みしめるように紡がれたその音がじわりじわりと心にしみ込み、今日の私の行動が間違ってなかったのだと思わせてくれる。

「沢山、食べてね」

「ああ」

二色丼を夢中で口にかき込んでいるレイスはもうこちらを見てなかったけど、私はこの異世界に来てようやく肩の力を抜いて笑えた気がした。

事故みたいな形で異世界にやってきたから仕方ない。

そう思って幼く見られていると気が付いても訂正しないで甘えていたけれども、向けられる同情や憐憫(れんびん)を利用するのが心苦しかった。

でもそうしなければ生きてはいけないのは事実で。

生きて帰るためには仕方ないことなのだと自分を誤魔化していたけれども、誰かに優しくされる度に募る罪悪感に蓋をするのは辛かった。

だからここにいてもいいのだと、少しくらい優しくされてもいいいんじゃないかと思える理由がほしくて必死に働いた。仕方ないからとか、私はある意味被害者だからなんて言い訳なんかじゃなくて、誰かの役に立って、貴方がいてくれてよかったと思われたかった。

そうして初めて、私はこの世界で差し伸べられた手を受け入れることができる。

いつから、こんな世間ずれした人間になっちゃったのかな……。

喜々とした様子でご飯をかき込むレイスを眺めながら、小さく息を吐く。

悲しいことに、私は歳を重ね世間の荒波に揉(も)まれているうちに、世界は優しさと希望に満ちていると信じられた純粋さを失くしてしまった。レイスのように与えられた優しさをそのまま受け取り喜ぶなんて、とてもじゃないけどできない。

子供の頃に見ていた世界はどこもかしこも輝いていて、未来に向かって進んで行くことに恐れなどなかったのに、いつからこうなってしまったのか。気が付いた時にはこうだったからきっかけなんてもう覚えてない。ただ、今の私はできるだけ傷つきたくなくて、なにをするにもつい裏切られた時や失敗した時のことを考えてしまう。そんな私にとって痛手を負っても逃げ込む場所はなく、頼れる人もいないこの世界で無償の善意や愛情を信じるのは恐ろしく、とてつもない勇気が必要だった。

レイスにありがとうって言ってもらって、私今すごく安心してる……。

フェザーさんの愛する鶉達も無事に取り返したことで少しは役に立てただろうし、会ったばかりの青年から感謝の言葉をもらったことで、ここにいてもいいんじゃないかなって思っている自分がいる。鶉達を取り戻せたのはレイスが犯行を思い留まってくれたからだし、そぼろ丼を作れたのはフェザーさんやカリーナさんが食材を分けてくれたお蔭であり、私自身はたいしたことはしてないというのに我ながら現金な考え方である。

そんな打算的な自分を情けなく思う。

けれども胸に広がる安堵感は心地よく、なんだかこの世界に来てようやく一息つけた気分だった。

「私の方こそ、ありがとう」

胸のつかえを軽くしてくれた感謝を込めたその囁きはレイスの耳に届くことなく空気に溶けてし

まったけれど、私はそれでよかった。周囲から与えられる優しさを感じていてもまだ真実を曝け出すのは怖いし、様々な感情が渦巻くこの胸中は複雑で説明するのは難しい。

レイスに先ほどの言葉の意味を聞かれても上手く答えられないだろうから、これでいい。

――いつか、全部話せたらいいな。

異世界から来たことを打ち明けて、無知な己を助けてくれた人々にお礼を言うことができたなら、胸に巣食うモヤモヤを消すことができるに違いない。このままだと大手を振るって地球に戻ることができなさそうなので、ぜひ頑張りたいところである。

でも今はまだその勇気は持てないから、もう少しこのままで。

そう心の中で呟きながら噛みしめたそぼろご飯は、心なしかほろ苦い気がした。

№6　レイス視点

人目を避けて残飯を漁り、地べたに生える名も無い草を奪い合い、死体があれば我先にと身ぐるみを剥いで金目の物を盗った。町の人々に見つかるとゴミか虫を見るような眼差しを向けられ、運が悪ければ石を投げられて殴られる。だから人々が活発に動く時間はなるべく人目につかない場所を探し、そこで見つからないよう息を殺しながら体を休めた。

そして太陽が沈めばまた食料を探す。

いつからそんな生活をしていたのかはわからない。

しかしそれがまぎれもなく俺の日常だった。

己がなんのためにそうしているのかさえもわからぬまま、同じように路地裏を彷徨(さまよ)う大人達を真似て日々を生き抜くことに疑問を感じたことなどなかった。

いや、死の恐怖から逃げるのに必死で、生きる意味など考える暇がなかっただけだったのだろう。

けれどあの日。

――――！　――――！

絶え間なく上がる歓声に、閉じていた目を開けて町に出た。

太陽の光に照らされながら歩くのは久しぶりで、慣れない明るさに目を細めていると聞き覚えのある声が俺を呼ぶ。

「いいところに来たなレイス」

「この騒ぎは？」

「魔王が死んだんだと。喜んだ町の連中が誰彼かまわず食いもん振る舞ってるから、お前も行ってこい。酔っ払いばかりだから手早く持ってくればバレないぞ」

「そうか」

嬉しそうに食い物を抱えた爺さんの言葉に良いことを聞いたと思いながら、俺は町の中心部へと足を進める。普段の活動時間よりもだいぶ早いが、爺さんが持ってこれたのなら俺でも安全に食料を手に入れられるだろう。

日々生きていくので精一杯だった俺にとって、魔王討伐の吉報はその程度だった。

魔王が倒されたことで地を這う生活が変わるわけではないと知っていたからだ。

そういうものだと思っていたし、そうであることに疑問を抱いたことなどなかった。


しかし。


「魔王が倒されたぞ！」

「勇者様万歳！」

「お父さん、お母さん！　私あれ食べたい！」

「こーら。走らないの。危ないでしょ？」

「まぁまぁ。記念すべき日だ。少しくらいはしゃいだって女神様だって許してくれるさ」

薄暗い路地の間から覗き見た町は、これまでになく賑やかで。

赤ら顔で杯をぶつけ合い勇者を称える男達や、満面の笑みを浮かべた身綺麗な子供と走り回る我が子を優しく見守る親達。歌いながら手を叩く男達や音に合わせて華やかな衣服を翻して踊る綺麗な女達や道行く人々、皆が空を彩る女神のベールを見上げては笑みを深めて、側にいる人々と喜びを分かち合う。


それはまさしく別世界の光景だった。


——なぜだ。

路地裏の影の中にいる己と光の中にいる人々を見比べて、なぜこんなにも違うのかと俺はその時初めて考えた。

親に手を引かれる子供や楽しそうに歌い踊る彼らと自分は、一体なにが違ったのだろうか。

なぜ俺はこんな薄暗いところで一人立っているのだろうか。

なぜ彼らは光の下であんなにも幸せそうに過ごせるのだろうか。

とめどなく湧きあがる疑問に喉が詰まって息苦しい。眩暈がするようなその感覚に気分が悪くなり思わず壁に手をつけば、近くにいた男が俺の存在に気が付いて目を見開いた。

——まずい。

見つかった。殴られ追い払われる前にこの場から逃げねば。

そうは思うものの足は動かず、男と見つめ合うことしばし。

「――ちょっと待ってろ」

男はそう言って裏路地との境い目から離れると、そこかしこに積まれている食料を袋に詰めはじめる。仲間を呼ばれるのかと思い身を固くしていた俺は逃げることも忘れ、ただ男の姿を目で追っていた。そして戻って来た男に手渡された食料が詰まった袋を抱えて、立ち尽くす。

――これほどいい日はねぇからな。お裾分けしてやるよ。

酒で赤らんだ顔で上機嫌にそう言った男は、誰かに呼ばれてどこかに行ってしまった。

腕の中にある食料が詰め込まれた袋は重く、今まで食べてきた残飯と違っていい香りをしている。

荷の重さによろめくように裏路地の奥に下がった俺は、見えぬなにかに引っ張られるように座り込み袋を開けた。そうして一番上にあった、大きな葉に包まれた焼いた鳥肉を掴み取りかぶりつく。

微かに温かさを残すそれはこれまで口にしたなによりも美味かった。

けれども腹の底から込み上げる熱いなにかが喉につまり、上手く飲み込めない。

だから何度も噛んだ。

滲む視界の中、喉元まで込み上げる感情をかき消すように味がしなくなるほど何度も何度も噛みしめて、ようやくゴクリと飲み込めば熱い雫が頬を伝う。

壁の向こう側で上がった楽し気な歓声を聞きながら見上げた女神の光は美しく、何処までも遠かった。

あの日感じた腹の底を焼かれるような苦しさを嫉妬や惨めと人は言うのだと俺が知ったのは、世界が魔王討伐の知らせに沸いてから四か月近く経ってからのことだった。

教えてくれたのは鳥小屋の主人に紹介されて出会った、元は俺と同じく裏路地を徘徊(はいかい)していたという立派な身なりをしたベルクという男だ。

「もう帰るのか？　レイス」

「ああ」

森や山の歩き方や獣の狩り方を教えてくれたベルクに頷き、今日の戦利品とようやく手に入れた秤を手に歩き出せばからかうような愉(たの)し気な声が背中に飛んでくる。

「マリーちゃんによろしくなー」

聞こえてきた名に思わず足を止めて振り返ればニヤニヤと笑う奴がいて、舌打ちが零れた。

そんな俺を見て「おー、怖」と心にもないことを呟くベルクにもう一度舌を鳴らして歩き出す。

こんな奴に構っている暇はない。

彼女が欲しがっていた秤を抱えて足早に換金所を出た俺は、まだ明るい町中を進む。

そんな俺に侮蔑の目を向ける者はいなかった。

初めて盗みに入った鳥小屋でマリーと出会ってからはや三か月。

ボロボロだった俺の身なりはそれなりに整い、痩せ細っていた腕や足にも人並みと言えるほどの肉がついている。悔しいがベルクの指導のお蔭で森や山に入り食材となる植物を採取したり獣を狩れるようになり、それなりの収入を得ることができるようになったからだ。

数か月前までは裏路地を彷徨い死体や残飯を漁っていた俺が、今や屋根のある家で毎日温かいご飯を食べている。

それもこれもあの日、マリーが止めてくれたお蔭だった。

一度抱いた疑問は消えることなく胸に燻り、募った感情が惨めな己が生への不満だとも知らぬまま俺は何かに突き動かされるように盗みに入ることを決めた。

打ち捨てられたゴミや死体を漁るのと違い、他者に危害を加えて物品を奪うのは危険が伴う。捕まれば殴られ追い払われる程度では済まず牢屋(ろうや)行き、場合によっては殺される。

痩せ細った己の体では満足に戦うことなどできないため、成功すれば得られるものは大きいと知りつつも犯罪に手を染めることはしなかった。しかし己の境遇に疑問を抱いてしまった俺は、これまでの地を這う生活に甘んじることはできなかったんだ。

だからあの日噛み締めた鳥をもう一度食べようと、昔からある鳥小屋へ盗みに入った。

人の気配のしない鳥小屋に忍び込み鳥を盗み出すのは存外簡単で、ついでに金目の物を持っていこうと近くにあった小さな建物に入る。しかしそこは物置だったらしく、目ぼしいものはなにもない。

盗む物がなかったことに、己が安堵の息を吐いたことには気が付いていた。

しかし、気が付かなかったことにした。

いや、そうするしかなかったんだ。

だって俺の腰には奪った鳥達がすでにいるのだから。


『……生まれ持ったもんはそう簡単には変えられん。欲張ると長生きできねぇぞ』


ここ一か月の俺の変化に気が付いたのか、突然そんなことを言い出した爺さんの言葉が耳の奥で木霊（こだま）する。

とその時だった。

物置の外に人の気配がしたかと思えば、ギィと扉が開き軽い足音が響く。

——まずい。

慌てて木材の後ろに身を隠して様子を窺えば入ってきたのは頭一つ分小さい少女で、俺でも簡単に抑え込むことができた。

……しかしどうしたものか。

人を呼ばれてはまずいと思い捕らえたものの、ここからどうするべきか。正直この少女を攫って逃げる体力はないので、連れ帰って売ったりはできない。縛って逃げるか。

そう考えて少女を見下ろした俺は、そこではじめて彼女が顔面蒼白（そうはく）で震えていることに気が付く。

そして涙を零すことも忘れて死の恐怖に怯える彼女の姿に、在りし日の己を見た。

『んなとこに座り込んでても食い物は手に入らないぞ。死にたくねぇならついてこい。ゴミの漁り方を教えてやる』

空腹で朦朧とする意識の中で力が抜けていく己の体が恐ろしくて、しかしどうしたらいいのかもわからなくてただ腕や足を抱きしめるように座り込んでいた俺に、爺さんはそう言って地を這い生きる方法を教えてくれた。

そしてここに来る前にも。

『死にかけても座り込むしかできねぇお前にゃ向かねぇからやめておけ。どれほど人生を悲観して自暴自棄になったとしても、お前は人の道を外れて生きることなんざできねぇよ』

——ああ。あんたの言うとおりだった。

犯罪者にとってなんの抵抗もできず怯えるだけの少女などいいカモだというのに、腕の中で震える彼女が哀れで俺は持て余している。俺のこんな弱さを見透かしていたからこそ爺さんは止めてくれたのだろうに、それを変に強がって。なにやってんだか。

情けない己に気落ちした俺は、とりあえず少女の拘束を解いた。

さすがに貧相な俺でも、抵抗さえ満足にできない少女から逃げることはできるからな。筋肉はほとんどなく、戦うことなど知らなそうな柔い体つきの彼女に自由を与えたところでどうってことない。

そうして逃げる算段を立てるために物置の周辺に人がいないことを少女に確認しようとしたわけなのだが、俺は彼女の口から出た言葉に逃げることさえ忘れてただただ驚く。

なんと彼女は家畜用の穀物である米を食べるというのだ。

俺とて食うに困って川辺に自生しているのをむしって砕き口に入れたことはあるが、あれは到底食べれたものではなくすぐさま吐き出したことを覚えている。爺さんや他の連中もあれはまずくて食えないと言っていた。

しかしそれを彼女は美味しいと言う。

あんなものが美味しいわけがないという思いと、小綺麗な格好している彼女が米をわざわざ口にしているという驚きから俺は目の前の少女を凝視する。そこでようやく俺は彼女の髪色がこの辺りでは見かけないブルネットであることに気が付いた。

——ここの娘かと思っていたが、もしや彼女は最近また増えた移住者なのか。

ここは鳥小屋の中でも古株。ブルネットなんて珍しい髪色の娘がいたのならばとっくの昔にその手の奴らの間で攫って売る対象として噂(うわさ)に上り、俺の耳にも入っていたはず。なのに今まで少女の噂を聞いたことがなかったということは、そういうことなのだろう。

身一つで移り住んで来ただろう少女が、家畜用の穀物で食いつなぎながらこうしてまっとうに働き生きているというのに、俺は一体なにをしようとしていたのか。

考えれば考えるほど己が情けない。俺には人心を捨て犯罪者になる勇気もなければ、彼女のように米を食べてでも生きるという覚悟もなかった。そんな中途半端な人間に現状を覆すなどできるはずがない。当然だ。

生まれ持ったものはそう簡単には変えられない。

その言葉の意味を俺は、身をもって知った。

そうして完全に心折れた俺は彼女に促されるまま盗んだ鳥達を返し、その後マリーと名乗った少女のねぐらにて何故か飯をご馳走になった。

マリーが調理した米は白くふっくらとしていて噛みしめれば噛みしめるほど甘く、川辺でむしって食べたものと同じだとは信じられないほど美味くて。その上マリーは、蜂蜜やショーユといった貴重な調味料を俺のために沢山使って卵と鳥を調理してくれた。

自身だって余裕はないだろうに、ご馳走すると言ったからといって。

そうして出来上がった料理は、あの日かぶりついた焼いた鳥肉よりもずっと贅沢な味だった。

しかし俺に食べさせるために作ったというマリーの料理はスルリと喉を通り、一口ごとにあの日空いた心の穴を満たしてくれた気がした。


だから俺も頑張ってみようと思ったんだ――。

あの日踏み出せなかった光に満ちた町を歩きながら想うのは、マリーの笑顔で。

服は鳥小屋の奥さんのおさがりで、小屋の中にあるのは借り物や分け与えられたものばかりで己の物はほとんどないと言う彼女はそれでもまっとうな場所で一生懸命働いて、いつか自分で借りた家でお腹いっぱい美味しいものを食べるのだと言って笑っていた。

与えられなかったことばかりを嘆きやけを起こそうとした俺とは大違いだと落ち込むと同時に、マリーのように強くなりたいと思った。

……喜んでくれるといいんだが。

腕に抱えた秤が入った箱にチラリと視線を落とし、二人で市場を回った時のことを思い出す。口に出して言われたわけではないので少し不安だが、瞳を輝かせながらジッと見つめていたので欲しかったのだと思う。

金を稼ぐ術を手に入れられたのも、
家を借りることができたのも、
こうして陽の下を歩ける今の生活も、
すべてマリーとの出会いがあったから得ることができたんだ。
感謝している。

だからと言ってなんだが、彼女の顔に笑みが浮かぶよう努力したいと思う。

マリーに諭されお腹と心を満たしてもらった俺は、その足で鳥小屋の主人に謝罪しに行った。

そうしてひと騒ぎあったものの、彼女が一生懸命庇ってくれたこともあって罪人として突き出すのは見送ってくれることとなり、それどころかご主人に昔は俺と同じく裏路地を漁って生活していたという男を紹介してもらった。

その男は現在、山や森に入って食材を採ったり獣を狩ることを生業にしているらしく、俺はこの三か月間その知識や技術を学び屋根のある場所での生活を手に入れることができたというわけだ。

苦労や危険もそれなりにあるが、犯罪よりもずっと俺の性に合っていたのだろう。順調に稼ぎを増やしていく俺を爺さんもマリーも喜んでくれるし、あの時思い留まって本当によかったと思う。

そして今日は大物を仕留めることに成功し、マリーへの贈り物を買うことができた。

秤などなにに使うのかわからないが、『秤があればケーキが食べられる……』と呟いていたので、これがあればなにか美味しいものが食べられるのだろう。マリーは節約のためか珍しい食材を使うことがあるが、出来上がるものは魔法をかけたように美味しいので楽しみだ。

彼女の喜ぶ顔を思い浮かべれば歩調は自然と速まり、ふわふわとした感情が胸に満ちる。

どこか温かいこの感情の名を俺は知らない。

師にあたるベルクも爺さんも己で考えろと言って教えてくれなかったからな。

そのことをもどかしく思うも、鳥小屋の夫婦やマリーには不思議と聞こうとは思わなかった。

何故(なぜ)だろうか？

わからない。

しかしいつの日か、胸に広がるこの感情の意味を知ることができたなら。


——君に聞いてほしいんだ、マリー。


なぜそんなことを思うのかもわからぬまま。

俺は軽い足取りで、温かいご飯を用意してくれているだろう彼女の元に急いだのだった。

No.7　トマトソース入りサンドイッチとグルートエールとプリン

レイスとの衝撃の出会いからはや三か月。

——チュンチュン、ピーピピ、コケッコー。

私は雀などの小鳥達に交じって聞こえる高らかな鶏の鳴き声を聞きながら、差し込む朝日を頼りに二人分の朝食を作っていた。


今日の朝ご飯はサンドイッチ。

というわけで、まずはカンパーニュに似たパンを一センチ幅に六枚。

次いで玉ねぎをスライスに、レタスの葉を二枚ほど外し一口大にちぎっておく。

終わったら魔石コンロにフライパンを載せて温め、卵を三つほど割り入れて目玉焼きを焼く。

具材が出来上がったら組み立てだ。

薄切りにしたパンの上にレタスと玉ねぎを重ねたら昨日の夜に作っておいたトマトソースを塗り伸ばして、目玉焼きを載せる。頂上にもう一枚パンを置いて半分に切ったら、サンドイッチの完成である。

ちなみにトマトソースは、品種不明の親指ほどの可愛らしいトマトから作製した。

まずフライパンに油を多めに伸ばし中火で温め、ニンニク一片を炒める。

ニンニクの香りが出たら四つ切りにしたトマトと玉ねぎのみじん切りを加えて、透明になるまで炒めたら水をコップ一杯ほど加え弱火に落として煮込む。トマトが煮崩れてきたら木杓子で潰し、塩コショウで味付けして、最後に刻んだオレガノとパセリを加えて出来上がりだ。

本当はトマトもスライスにして挟んで、マヨネーズをパンに塗りたかったんだけど……。

残念ながらこの世界にバルーン泡立て器がまだ存在していないのだから仕方ない。

私が知らないだけで存在している可能性はあるけど、地球でバルーン泡立て器が普及し一般的に使われるようになったのは確か十八世紀後半あたりのことなので、探し回るよりも作ってもらう方が早いと思われる。一応カリーナさんに確認してみたけど、現在この世界で泡立てる道具と言えばアシなどの小枝を束ねたものだったしね。

ちなみに、地球にも小枝などを束ねたものを使っていた時代があった。

卵の膨張力を使ってお菓子を焼くと膨らむのが発見されたのはルネサンス時代あたりのお話であり、当時は小枝の束に桃の木やレモンの皮を挟んで卵白やクリームに香りづけしていたそうだ。果実の木を混ぜて香りづけと聞くとなんだか可愛らしい雰囲気だけど、当時のレシピを見るとパンケーキの卵の撹拌は三十分以上、大きいケーキを焼く場合卵白の泡立てにたっぷり三時間以上かけるように記されていたらしい。調理器具が発達した現代と違って昔の料理は重労働であり、調理に携わる使用人や奴隷は大きな屋敷だと何十人といたとなにかの本で読んだことがあるし、実際の作業は相当過酷なものだったに違いない。

現代日本でも美味しい料理やお菓子を作るには体力と筋力が必要だと思っていたけれど、卵白の泡立てに三時間かけるなど考えられない。美味しいもののためとはいえ、そんなには頑張れない。

というわけで、恐ろしい情報の数々を思い出した私は手動となると結構な労力のいるマヨネーズの製作を潔く諦めた。使い慣れた泡立て器でも疲れる作業なのに小枝の束でなんて、私の体力ではとてもじゃないけど作ってられないからね。

——職人さんに聞いてみて、お金が足りそうなら作ってもらおう。

バルーン型の泡立て器があるのとないのとでは作れる料理やお菓子の幅が大きく変わるので、今日の予定に金物職人への訪問を付け加えながら出来上がったサンドイッチを綺麗な布で包み、バスケットの中に入れる。次いで洗い物を済ませ、魔石コンロなどの火の元を確認したあと昨晩用意しておいた荷物と先ほど作った朝食入りのバスケットを手に取った。

そうして小屋の外へ出れば真っ青な空が広がっていて、眩しさに目を細めて手をかざせば、隠しきれなかった太陽光が指の隙間から漏れてその輝きに心が弾む。

——いい天気。

なんだかいい日になりそうな予感に頬を緩ませながら、私はこの異世界に来て初めてできた友人と過ごす休日を満喫するために歩き出した。

といっても、少し前までは一文なしだったこの身ではたいして懐に余裕があるわけではなく、また泡立て器など道具も足りないため作れるものは限られているんだけどね。

しかし、お菓子を作って食べられる余裕ができたというのは大きな進歩である。

異世界にやって来てはやくも四か月。

フェザーさんが新しく育てている鶏達も増え始め、もう少ししたら飼育法も確立するので近々鳥小屋も本格的に稼働させるそうだ。鳥小屋が順調なお蔭で私の給金も増え、こうしてお休みの日に遊びに行けるくらいには私の生活にも少し余裕が出てきたし、ありがたいかぎりである。

「マリー！」

ここ数か月を思い出し感慨に耽（ふけ）っていると鳥小屋の方から私を呼ぶ声が聞こえてきたので足を止めれば、手を振るフェザーさんの姿。

「おはようございます！　フェザーさん」

「おはよう。レイスがいるから大丈夫だろうけど気を付けて。楽しんでくるんだよ？」

「はい！」

行ってらっしゃいと笑顔で見送ってくれるフェザーさんに大きく手を振り返して、私は再び歩きはじめる。その途中出会ったカリーナさんからいただいた「危ないと思ったらすぐ逃げるのよ」という注意に苦笑しつつ、私は迎えにきたレイスが待っているだろう門へ急いだ。

物盗りと目撃者という衝撃的な初対面から三か月ほど。

二色丼を食べたあと紆余（うよ）曲折を経て、フェザーさんの友人に弟子入りすることになったレイスとはあれからちょくちょく食卓を囲む仲となり。あの日以来お米を食すことに抵抗がなくなったレイスは今や白米好きな私の良き理解者であり、異世界初の友人となった。

フェザーさんとカリーナさんには「なんですぐ逃げないんだ！」としこたま怒られたけど……。

二色丼を食べたあとのことを思い出し、つい遠い目になる。

レイスが誠実に謝ったこともあり最終的には納得してくれたけれども、フェザーさんとカリーナさんは大変ご立腹で、まるで幼子に注意するかのごとく危ないと感じたらすぐに逃げなさい、逃げられないなら声を上げて助けを呼びなさいと言い聞かせられ、さらに護身のためと魔法の練習時間をみっちり増やされて筋肉痛に苦しむはめになり、その、色々と大変だった。

しかしそれは二人が私を大切に想い、心配してくれた証。

魔法はまだ苦手だけれども火球が作れるようになったので森や山の入り口辺りならうろつける可能性が出てきたし、フェザーさん達との大切な思い出として心の中にしまっておこうと思う。

――フェザーさんのご友人のお蔭でレイスも見違えたしね。

門の外でピシッと背筋を伸ばし待っているレイスの姿に、私はそっと目を細める。

フェザーさんの紹介で森や山での採取を生業にしている方に教えを乞うことになった彼はなかなか筋がいいらしく、充実した毎日を送っているらしい。

その証拠にところどころ破れ裾が擦り切れていた服は新調され、ボサボサだった栗毛はアンバー色のたれ目と端正なその顔がよく見えるよう綺麗に整えられている。骨が浮いて見えていた腕や足は筋肉に覆われ逞しくなり、相変わらず表情筋は死んでいるもののその顔はほんのり色づき血色がいい。健康的な姿に様変わりしたレイスは少し細身の見目いい青年といった感じで、貧民街出身だと思う人などいないだろう。

「マリー」

朝日を浴びながら私を呼ぶ低音は穏やかで、あの時レイスから逃げなくてよかったと心から思う。

「おはよう。待たせてごめんね」

「いや」

フェザーさん達には沢山迷惑をかけてしまったからなにかお礼をしないとなぁと考えつつレイスに近寄れば、アンバーの瞳が私を映す。そしてすぐに私の手にあるバスケットへと移った。

「それは？」

中身が食べ物だと察したのか、少し弾んだレイスの声にクスリと笑みを零す。

生きるか死ぬかの生活を脱したことでこれまでを取り戻すように体が作られているレイスはよく食べるので、用意したサンドイッチも喜んで口にしてくれるだろう。

「この前貰(もら)った秤のお礼には足りないけど作ってきたの。市場に行く前に食べましょう？」

「……………ああ」

秤のお礼と言ったところでもの言いたげな目を見せたレイスだったが、やはり食べ物は嬉しいのか間を空けて頷いた。そしてさりげなく、私の手からバスケットを取り、持ってくれる。裏路地でなにかと面倒を見てくれていたお爺さんと同居しているレイスは、仕事以外にも師匠さんやフェザーさんから色々教わっているようで順調に紳士的な立ち振る舞いを身に付けているようだ。

「ありがとう」

「ああ」

短く返すレイスの表情は動かずその心中を推し測るのは難しいけれども、物盗りに入ったのが信じられないほどレイスは真面目で優しいと知っているので私は構うことなくその隣を歩く。

あの時のことは気にしなくていいと伝えたもののレイスは大変気にしていたらしく、仕留めた大物を売って得たお金でわざわざ私へのお詫びの品を買って贈ってくれたのはつい先日のこと。

そんな彼の律儀さが好ましく、また口に出さずとも欲していたものに気付いてくれていたことが恥ずかしくも嬉しくて、断ろうと思ったのだけれどもつい受け取ってしまった。

普段も森や山で取ったものを持ってきてくれるし、レイスにはすっかりお世話になっている。

そのお礼、というにはあれだけど……。

秤があればお菓子作りもできるので、材料や道具を揃えて色々食べさせてあげる予定だ。といっても、それくらいしかしてあげられないというのが現実なんだけどね。

魔法の使い方がぎこちなく鳥の世話もやっとな私とは違い健康体となったレイスは順調に筋力や体力をつけており、魔法も色々使えるようになったらしく森や山での採取を生業にしている若手の中でも有望株だと噂になっているそうだ。部屋を借りてなにかと面倒を見てくれていたお爺さんを養えるようになったあとも順調に稼ぎを増やしているそうで、今ではレイスの方が裕福だったりする。

羨ましい気もするけど、友人が幸せなのは良いことだ。欲しいものが手に入れられるようになったレイスへのお礼に私が頭を悩ませることくらい、どうってことはない。

そんなことを考えていると、低い声が優しく耳を打つ。

「なにを作ったんだ?」

「薄切りにしたパンで野菜と目玉焼きとトマトのソースを挟んだの」

「……トマトのソース?」

怒涛(どとう)の勢いで自立していく友人への安堵や一抹の寂しさと羨望を感じていた所為か、私の発言にレイスが目を丸くしていたことなどまったく気が付かず。

「アクセントにみじん切りの玉ねぎを加えて、香りづけにニンニクとか香草を入れてあるの。美味しいわよ」

「……そうか」

トマトソースの説明をしながら、レイスと共に市場へ続く道を歩いていたのだった。


鳥小屋を出発してから数時間ほど。

適当な場所でサンドイッチを食べ終えて市場へとやってきた私は、ざわざわと賑わう大通りをレイスと共に歩きながら深く深く反省していた。

——まさか、トマトが観賞するものとして認識されているなんて思わなかったわ。

いや、ヨーロッパでも日本でも最初は食べ物としてではなく観賞用の珍物として扱われていた歴史があることは知っていた。しかしレイスが森で取ってきた食材と共に「危険なものではないそうだから、良かったら」と言って渡してくれたので食用とみなされていない可能性なんて少しも考えず、普通に調理してしまったのだ。

サンドイッチを躊躇(ためら)いなく食べた私の横で、恐る恐る口にしていたレイスの姿が思い出される。

二口目以降は私以上の速さで食べ進めていたけれども、内心相当驚いていたことだろう。

レイスは表情があまり変わらないから、サンドイッチみたいにパンに具を挟んで食べるのが初めてで戸惑っているのかな、くらいにしか思わなかったけど。

食べ終えてから「貴族とかが家で飾ったりすると聞いたから持ち帰ったんだが、美味しいんだな」と言われた私の驚きたるや、ご理解いただけるだろうか。心臓が止まるかと思ったわ。

とんでもない失態を仕出かしたことに気が付き固まった私に「知らなかったのか?」と尋ねたレイスはなにを思ったのか、「今度は飾りにも使えるようもっと多めに取ってくる」と言ってくれたけど彼の中でどんな結論が出たのかは恐ろしくて聞けない。

いや、トマトは美味しいから食べたことに後悔はないし、また持ってきてもらっても私は調理すると思うけどね。思うんだけど、友人が観賞目的に贈ってくれたものを躊躇いなく食べるなんて、人としてアウトではなかろうか。レイスは気にしていないのかまた作ってほしいなんて言っていたけれども、ものすごく彼の真心を踏みにじってしまった気がする。どうしよう。

どうにかして弁明できないかと思って食材が置いてある店を見かける度に目を皿のようにしてトマトがないか探しているんだけど、見つからない。

すでに砂糖や牛乳は購入し終えており、色々な場所を巡ったのだけれどもこれまで買い物したどのお店にもなかった。レイスが持ってきてくれたということは近隣の森か山かその道中のどこかで取れるはずなのにどこのお店も扱っていないということは、やはり食べないということなのだろう。罪悪感が半端ない。

知らなかったとはいえレイスに申し訳ないことをしてしまった。

心からそう思う。

しかし悪いことをしてしまったと考える一方で、黙って食べてくれたレイスの姿を思い出す度にじんわりと温かな感情が広がっていくのを私は感じていた。

不幸中の幸いというべきか今回のサンドイッチに使ったトマトは、スライスやみじん切りなんかと違ってソースなのでどこにあるかわかり難く、食べ進めていかないと目につかないので挑戦しやすかったと思う。しかしそれでも、食材と認識されていない植物を口に運ぶことに抵抗感はあったはず。

でもレイスはなにも言わずに一緒に食べてくれた。

美味しかったと、また作ってくれと言ってくれたのだ。

先に私が口にしていたとはいえ黙って口に運んでくれたのはレイスの優しさであり、少なからず彼の中に私への信頼や私が作る料理は美味しいと思う気持ちがあるからだろう。そう考えると、じわじわと嬉しさが込み上げてくる。共に過ごしてきた時間の中で築かれたものがあることが喜ばしく、向けられる信頼が私の存在を肯定してくれるようで安堵感が身を包んだ。

そっと横へ視線をずらせば目に入るレイスの姿。

さしたる危険はなく、フェザーさん達のお蔭でそれなりに安定した生活ができていたけれど、家族も友人もいない異世界での日々はどこか心細く、寂しさが拭えなかった。そんな中こうして休日に隣を歩く友人ができたのは幸運なことだと思うし、その友人が多少なりとも私のことを信頼してくれているのだと考えるととても心強い。

それにフェザーさんご夫妻にそこまで甘えるのは申し訳なくて一人で食べていた夕飯もほぼ毎日レイスが食べにくるのでより一層楽しみな時間になったし、会話は少なくても人の気配があるだけでものすごく安心できる。

だからレイスには本当に感謝してる。

そのお礼というにはちょっと安い気がするけど地球に帰るまでの間、美味しいものをできるだけ沢山作って食べさせてあげる予定だ。

——とりあえず、今日はトマトの分を取り返さなきゃね。

まずい物を食べさせてしまったわけではないけど、今晩は私の部屋を彩ってくれようとしたレイスの真心分さらに気合を入れて調理しよう。

そう決意を新たに、改めて市場に並ぶ食材を見渡す。

そういえば、この世界の食生活って地球だとどの時代に近いんだろう……。

トマトの一件と売られている食材を眺めながら、そんなことを考える。

魔法なんてものがあるものの地球と変わらない風土の中、馴染(なじ)みある動植物が育ち、太陽と月の移り変わりもほぼ同じ、そして文化の発展の仕方も似ているけど食文化はどうなっているのだろう。

お米は不思議なことになっているし、お肉類に関しては魔獣がいたためアリメントムの人々も手探り状態といった印象だった。

しかしパン屋さんではフランスパンやプレッツェル、イングリッシュマフィンのようなものを見かけたことがあり、店主さんから聞いた話によるとどれも他国のパンだと言っていた。

私の記憶が確かならば地球のヨーロッパでナショナルブレッド、国家規模で代表されるパンが生み出され始めたのは十世紀以後、さらに教会主導だったのが国王や貴族が力を注ぐようになり技術や製法が向上したのが十二世紀頃、十四世紀頃には多くの国王が研修所を設けていたとなにかで読んだ気がする。

そしてトマトが食材として流行り出したのは近代あたり、十八世紀前後だったはずだ。パンの研修所の有無はわからないけれども、パンとトマトから推測するに大体十二世紀から十七世紀の食文化だと考えられるかもしれない。

だとすると、他に食べたら驚かれる食材ってなにがあったっけ……？

おかしなものばかり口にしていたらどこで生活していたのか訝しがられてしまうし、なによりレイスへのお礼にならないので消えかかっている記憶を手繰り寄せながら知識を掘り出す。

食材の開拓を諦める気はないので見つけ次第徐々に食卓に並べていく予定だけど、お礼に作る料理は安心して食べられる食材を使った方がいいだろうし。

魔王の影響で姿形が大きく変化したという動物達に関してはアリメントムの人々も手探り状態だから問題ないけど、サイズが変わっただけの植物の食べられ方は以前と変わりないようなので慎重にいかないと。

……トマトがまだってことはジャガイモやインゲン、カカオもまだなのかな？

どうしよう、うろ覚えだからわからない。

それにこうして改めてこの世界の食について考えてみたことで、嫌な予想が浮かんできた。

魔法と勇者様のお蔭で水洗トイレっぽい物やコンロみたいな物があるし、醤油もあるからものすごく安易にお金貯めて美味しい物食べようと考えていたけれども、よくよく思い出してみるとヨーロッパで美食文化が発達したのは十八世紀以後だった気がするのよね。泡立て器もまだないみたいだし食文化はあまり発展していない、もしくはしている最中と考えた方がいいのかもしれない。

となると、これはもしやただお金を稼いでも美味しいものでお腹を満たすことはできないのではなかろうか。それどころか、私が作る料理の大半に奇異な目を向けられる可能性が高い。

市場にはなさそうなものは見つけてもおおっぴらには食べない方がよかったり……？

いやいや。私にそんなことができる？

無理でしょ。トマトもそうだけど、見つけたら食べるよ。

美味しいものだって私はわかっているし、食材を選り好みしてられるほど裕福でもないし。念願叶って森や山に行けたとしても、発見した食材をスルーなんてそんな殺生な。それでは筋肉痛になりながら頑張って魔法の練習をしている意味がなくなってしまう。

別に豊富な食材を使って調理する文化がなかっただけで、トマトだってジャガイモだってインゲンだってやがて人々に受け入れられ、親しまれるようになることは地球の歴史が証明している。そうやって口にする食材の数を増やしたことで、今日の美食文化が生まれてきたんだから。

レイスだって最初は驚いてたけど今ではお米を気に入ってるし、トマトソースを使ったサンドイッチだってまた食べたいって言ってた。食材の価値なんて美味しいか否かで決まるものだし、口に合えば食べることに抵抗がなくなっていくだろう。新しい料理とはそうやって人々の間で広がり、文化の一部になっていくものなんだから。

……そう考えると、なに食べても問題ない気がしてきたわ。

美味しければ許されるのではなかろうか。

身元を偽っているからかつい人目を気にしてしまったけど、そもそも家畜用の穀物としてしか需要のないお米を主食にしている時点で取り繕わなければならない体裁など私にはない。魔法という不思議な力によって無毒だと証明されているのだから、トマトを食べたところで驚かれはしても責められる謂われもないだろう。

もしかしたらレイスも少なからず私に対してお米の時の印象があったから、トマトを食べたことに関して深く追求しなかったのかもしれない。

孤児の移民という設定のお蔭で多少風変わりなことをしても大目に見てもらえてるみたいだし、深く考える必要はないのでは？　という結論に至った私は少しすっきりした頭で食べたい料理やこれから出会えるかもしれない食材を思い浮かべる。

魔王の影響がなくなったこの世界は、魔法があるという点を除けば地球とほとんど変わらない。しかも今暮らしているオリュゾンの風土や動植物は日本にとても近いから、探せば山菜なんかも取れると私は睨んでいる。なにしろ鳥小屋の近くに杉林があるからね。日本固有種である杉が生えているのだから、ウドやセリやフキノトウも山に入れば見つかるはずだ。

山菜の天ぷらでエールとか最高じゃない。

美味しいとわかっているのに人目を気にして諦めるなんて、ありえないわ。

一応、異世界だとなにがあるかはわからないので毒性の有無は確認した方がいいだろうけど、周りの目は気にせず美味しくいただいても問題ないだろう。

まぁ、人に勧める時には気を付けるってことで……。

良しとしておこう。誰に迷惑をかけるでもないし、そう思っておかないと現代日本の食事に慣れた私がこの世界で『お腹いっぱい美味しい物を食べる』なんて目標、叶えられそうにないしね。美味しければ大丈夫。問題はない。

端からみたら雑食極まりないので女の子として完全にアウトかもしれないけど、女神様が目覚めたら地球に帰る予定だから大丈夫。地球への帰還が前提だから恋愛する予定もないし、失うものはたぶんない。

生きる気力を保つために打ち立てた当座の目標に思いもよらない障害があったことに気が付いたものの、ないなら自分で作ればいいじゃないと気を取り直した私は顔を上げる。幸いなことに料理に関する知識と技術はそれなりにあるのだから、自分の舌を楽しませるくらいはできるはずだ。

心の中で決意を新たにした私は、気合を入れ直して今日作る予定のプリンと夕食の献立について再び考え始める。

とりあえず、レイスの分のプリンは大きめにするとして、夕飯はどうしよう。お肉系のご飯が進むやつにしようかな……。

小屋に残ってる食材を思い浮かべつつ考えていると前を歩いていたレイスが振り返り、少し離れたところにある一軒の店を指差した。

店先には短刀の絵が描いてある看板が吊(つる)してあるので、刃物屋さんのようだ。

「――マリー。あの店なら色々話を聞いてもらえる」

「刃物屋さん？」

「本業は。頼めば罠(わな)の細工とかもしてくれる」

「そんなこともしてくれるのね」

「ああ」

そんな会話を交わしながら、本日最後となる店へ向かう。

これから訪ねるのはレイスのお師匠様の知り合いが営んでいるお店らしく、泡立て器という ちょっと特殊なものを作りたいという私の要望も聞いてくれるだろうとのことなので大変わくわく している。もしかしたらお菓子の型とかも作ってもらえるかもしれないからね。

レイスのお世話になりっぱなしでちょっと心苦しいけど……。

なにも返せないことを申し訳なく思いつつも、ありがとうとレイスに感謝の念を送る。

森や山で採取したものを売る職に就いたということもあり、レイスは市場の店に詳しく知り合い も多い。そのためこうして案内役を買って出てくれているわけだけど、行く先々で値引きしてもら えたりおまけをくれたりするので大助かりである。その上、採取した素材を保存できる魔法がかけ られたマジックバッグをレイスが持ってきてくれたので、購入後にこうしてうろついていても食材 が傷む心配もない。本当にお世話になりっぱなしだ。

「レイスが買い物に付き合ってくれるお蔭ですっごく助かるわ」

「そうか」

「行く先々でおまけもしてくれたし」

すでに購入を終えたプリンの材料や野菜などの食料品を思い出しながらそう告げれば、向けられ ていたアンバーの瞳がスイと逸らされる。

その行動は言葉数少ないものの人の目を真っ直ぐ見つめるレイスにしては珍しくて、首を傾げつ つ彼の返答を待てば向けられたのは困ったような視線で。

「いや、今日は――」

レイスの行動が気になってジッと見つめていたけれどもようやく動いた口から出たその声はとても小さくて、市場の喧騒にかき消されてしまった。

耳に届くことのなかったレイスの言葉を聞き返したかったのだけれどもいつの間にか刃物屋さんに到着していたらしく、私の疑問が音になる前に響いた軽快な声にレイスの意識が向けられる。

「――レイスじゃねぇか！　なんだ、また彼奴(あいつ)の使いか？」

「ただの買い物だ」

刃物屋さんの二階の窓から降ってきた呼びかけにどこかホッとした様子で応じるレイスに少しもやっとした感情を抱いたものの、追及してほしくなさそうなその背中に私は先ほどの会話を忘れることにした。

私にも人に言えない事情があるように、レイスにも色々あるのだろうからね。良くない気配がする隠し事ならばまだしも、買い物先でおまけしてもらえただけなのでその理由を無理に暴く必要はないだろう。

そう結論付けて顔を上げれば、パチッと店主さんらしき四十代ぐらいの男性と目が合う。

「こんにちは」

店主さんにとりあえず挨拶すれば、瞬いていた瞳が私とレイスを交互に見比べる。そして彼は得心がいったように頷くと、レイスを見てにこやかな笑みを浮かべた。

「ただの買い物ねぇ？」

このようなからかいを含んだ物言いを聞くのは、実はこれで本日五回目。

どうもレイスが女連れというのが皆様の興味を引くみたい。

最初のうちは誤解を解かなければと思って必死に説明しようとしていたんだけど、レイスが師匠の知り合いはこういう奴ばかりだから放っておいていいと言われている。それにどうも私が反応すると余計に皆様が面白がっているようなので、黙っていた方が賢明なのだとここに来るまでに学んだ。そのため私は口を噤んで二人のやりとりを見守ることにする。

……これもきっと一種の愛情表現なのよね。

レイスが市場の皆様にずいぶんと可愛がられているようでなによりである。

「客を連れてきた。作ってほしいものがあるそうだ」

「彼女が？　包丁か？」

「いや、調理器具らしい」

「調理器具？　鍋とかフライパンはさすがに専門外だぞ」

「それならここには連れて来ない」

「だよな。まぁ、できるかできないかは別にして折角のご指名だ。中に入って詳しい話を聞かせてくれ」

「ああ」

仲良さげに話す二人を見上げているうちに話がまとまったらしく、窓が閉まる音が聞こえたかと思えばレイスが店の扉を開けて私を待っていた。

「マリー」

「ありがとう」

お礼を言って中に入ればコクリと頷いたレイスが敷居を跨ぎ、扉を丁寧に閉める。

そうしてカランカランという軽快な来客を知らせる鐘の音を聞きながら見渡した店内は、銀色に輝いていて。果物ナイフのような物や私の顔ほどの刃渡りがあるダガーナイフなど大中小様々な刃物がずらっと並べられているその光景に、心臓がドキリと嫌な音を立てる。

鏡のように曇り一つなく磨かれた刃が美しくも恐ろしく、目が離せなかった。

「――刃物が怖いか？　嬢ちゃん」

刃物の光から目を離せなくなっていた私を引き戻したのは、トントントンと体格に似合わない軽い足取りで階段を下りてきた店主さんのそんな言葉だった。

「……はい。これだけの刃物を見るのは初めてなもので少し」

明るい口調と弧を描く口元とは裏腹に真剣な色を宿すペリドットの瞳が誤魔化すなと言っているようで思わず素直な感想を口にすれば一拍後、店主さんは嬉しそうに目を細めて破顔する。

「そりゃいいこった。嬢ちゃんみたいな子はこんなもん見慣れない方がいい」

心からの笑みを向けられてドキッと心臓が跳ねる。

見た目は四十代くらいなのに、無邪気な笑顔を浮かべる人だ。

「ここじゃ落ち着かないだろうから奥に入りな。作業もするからごちゃごちゃしてるが、飲み物ぐらいは出してやるよ」

「え。あ、ありがとうございます」

商売道具を怖がられて嫌な顔をするどころか褒められ、さらに気遣われたことに動揺するもなんとかお礼を述べれば、店主さんの笑みが深まる。女性に優しく気のいい人である。

「若いのに礼儀正しいな。レイス、案内してやれ。俺は飲み物もってくるから」

「ああ」

いや、違った。

ただ子供扱いされただけだったようだ。

刃物から遠ざけてくれたことにお礼をしただけで褒められるなんていったい私は何歳だと思われているのだろうか。フェザーさんやカリーナさんに実年齢を伝えた時に「そんなに頑張らなくていい」と言った旨の言葉を返されて、まったく信じてもらえなかったのでそれ以来年齢の話は避けてきたけれど、いつか誰かに確認してみたいところだ。少し怖いけどね。

「マリー、こっちだ」

自分が周囲にどう受け止められているのか考えて若干遠い目になりつつ、私は勝手知ったる様子でカウンター横の扉を開けたレイスに促されるまま店の奥へと足を踏み入れたのだった。


レイスに案内された部屋で椅子に腰掛けながら待つことしばし。

飲み物を手に戻って来た刃物屋さんの店長アイザさんは私達の前にコップを置くと、自身の椅子に腰掛けながらさっそくといった様子で話し始める。

「それで、俺に作ってもらいたいものはなんだって？」

「こういったものなんですけど」

要らなくなった木板を石でガリガリ削って描いたバルーン型の泡立て器を見せれば、なんとも言えない表情で手を伸ばされる。紙やインクを買えないことを哀れまれたのか、はたまた絵の下手さに同情されたのか……。絵についての追加説明を求める様子が一向にみられないので、アイザさんのもの言いたげな視線の理由は前者なのだろう。

勇者様印の紙は確かに安価で売ってるんだけどね……。

鳥の世話を仕事にしている私には必要ないものだったから、紙を買う代わりに香草や香辛料とかにお金を使うことにしている。ただそれだけのことなので、店主さんが想像しているほど悲惨な生活をしているわけではないんだけど、このままでは変な誤解を与えてしまうかもしれない。

アイザさんが私の雇用主であるフェザーさん達に悪印象を持たないように説明しておいた方がいいかも、と一瞬考えたけど真相を知っているレイスがなにやら耳打ちしているので、余計な気を回す必要はないみたい。

そんな私の考えは当たっていたようで、先ほどとはまた違う残念なものを見るような目を向けられたけど、アイザさんはすぐに木板へと意識を移したので気にしないでおく。ご飯を優先しているのは事実だからね。

板に描かれた絵を眺めるアイザさんの目は真剣そのもので、しかし新しいものに職人魂が刺激されるのかどこか楽しそうだった。

「これはどう使う予定なんだ?」

「卵とかをかき混ぜたり、泡立てたりするのに使おうと思ってるんです」

「小枝の束の代わりってことか」

「はい」

私の返事に「なるほどなぁ」と唸(うな)るように呟いたアイザさんは頭の中で試行錯誤しているのか、空いている手であごひげを撫でながら悩まし気な表情を浮かべる。

「嬢ちゃんが使うならなるべく軽い方がいいよな。でも食いもん作るなら欠けたり折れるのは論外だし……」

ブツブツ呟くアイザさんは思考に夢中でまったくこちらを見ない。どうしたものかとレイスを見ればすぐ終わるからと飲み物を勧められたので、アイザさんを気にしつつ私も置かれたコップに口をつける。

――エールだ。

それもグルートエール。

そう認識した瞬間、私はアイザさんのことを忘れこの世界に来て嬉しかったものの一つであるグルートエールを内心ウキウキしながら味わう。

ホップの代わりにニガヨモギやペパーミントなどを配合したグルートと呼ばれるものを加えて作られており、麦由来のフルーティーさと薬草の植物特有の青さとハーブの清涼感が爽やかなエールだ。

ホップの発見により現代の地球では廃れた製法であり、初めて口にした時は大変感動した。グルートが用いられているビールはあるにはあるが、やはり原料にホップも使われていることが多く、グルートと麦芽だけで作られたエールを私は地球にいた頃に見つけることができなかったのだ。

大手のビール会社が再現したという記事を読んだ時は、一口でいいから私も飲みたかったと心から思ったものである。その願いが叶ったのは異世界に来たお蔭というのが少し腑に落ちないが、もう呑めないと思っていたグルートエールを呑めるなんて、お酒好きとしてはこれ以上ない幸せなのでこの点だけは素直に喜んでおこうと思う。

昔地球で呑まれていたものと同じかはわからないけど……。

ホップを使ったエールがまだ広まっていないということは、グルートエールだと思っていいはず。魔法がある所為で綺麗な飲み水に困らない世界だが、エールが作られていてよかった。

恐らく魔王との戦いのために魔力は温存しなければならなかったため、飲料水のために魔法を使う者が少なくて生まれたのだろう。他のことに魔力を使うからか、エールとかワインを飲料水代わりにしている人は結構多いしね。

ちなみに日本人の多くが思い浮かべるビールはラガービールと呼ばれる酵母が発酵もろみの下に沈む下面発酵酵母を使用して低温長時間で作られるビールで、エールとは酵母が発酵もろみの上面に浮き上がる上面発酵酵母を用いて常温短時間で発酵させたビールである。

個人的なイメージを述べれば大手が販売している冷やしてゴクゴク呑んでいくのが美味しいのがラガービールで、地ビールなどに多い常温で濃い味や香りを楽しむのがエールビールって感じ。もちろん私はどちらも好きだ。

呑み比べとかビアガーデン、大好きだったなぁ……。

夏の楽しみを思い出しつつ、私にとっては貴重なグルートエールを呑み干す。

そうして人知れず幸せに浸っていると、急にアイザさんが「よし！」と大きな声を上げたためビクッと肩が跳ねた。

「あー、悪い。驚かせたか？」

「いえ、少しぼうっとしていたせいなので気にしないでください」

エールの味に浸っていたとは言えないのでそう誤魔化せば、アイザさんはならいいと言って流してくれたのでこっそり胸を撫で下ろす。飲料水代わりにされているエールに感動していたなんて言ったら、また要らぬ誤解を与えてしまう。

誤解や勘違いを利用して生き延びてる身なのでなにを今さらといった感じかもしれないが、生活できるだけの環境は整ってきたのでこれ以上の同情は必要ないからね。それにこれ以上の罪悪感は耐えられなさそうなので墓穴を掘らないよう口を噤む。

するとそんな私に代わりレイスがアイザさんに尋ねた。

「それで、できるのかアイザ」

「もちろんだ。任せな。工賃はそうだな、小銀貨五枚でいい」

頼もしい返事とともに提示された値段に、私は思わず目を瞬かせる。

この世界の貨幣は金貨、大銀貨、小銀貨、銅貨からなっており日本円に換算すると金貨がおおよそ十万円、大銀貨が一万円、小銀貨が千円、銅貨が百円くらいだと思われる。

ちなみに現在の私の給金は日当で小銀貨二枚。設備の整った小屋に住まわせてもらっていることや仕事内容を考えると、平均的な給料よりちょっと多くいただいているのだと思う。酒場のお姉さんの日当が銀貨三枚くらいらしいし。

金属の価格や手間賃の平均がわからないのでアイザさんの提示した価格がどれほど値引きされているのかはわからないが、私の給与などから考えるに間違いなく安い。

「そんなに安くていいんですか?」

アイザさんの頼もしい返事と破格の値段に驚きの声を上げれば、ニッと悪戯(いたずら)めいた笑みが浮かぶ。

「この間ベルクの奴が持ち込んだ材料が余ってるからそれで作るし、本業の片手間にやるから気にすんな。こっちは趣味みたいなもんだからベルクやレイスの頼みだって似たような値で受けてるし」

なぁ、と呼びかけるアイザさんにレイスが迷うことなく頷く。流れるような二人のやりとりをみる限り、本当に趣味で行っていてあまりお金を取っていないのだろう。しかし、材料を持ち込んでいるレイスのお師匠様やレイスと同じ価格というのはいかがなものか。

アイザさんとは今日が初対面だし、レイスのお師匠様であるベルクさんにいたっては顔を合わせたこともないいんだけど……。

「では材料費をベルクさんにお支払いした方が」

「「必要ない」」

会ったこともない人のお世話になるなんてと思いそう口にすれば、間髪入れずアイザさんとレイスから否定の言葉が入った。しかもばっちりハモっている。一体なぜ。

そんな私の疑問が顔に出ていたのか、アイザさんが説明してくれるようでため息交じりに話し出した。

「彼奴は女好きだからな。若い女の子にやったたっていや怒らねぇよ」

そして続いたレイスの言葉に、私は彼の職場環境が一気に不安になった。

「稼いだ金を女性に貢ぐのが生きがいらしい」

女性に貢ぐのが生きがいって、その人本当に大丈夫なのだろうか……。

しかもそんな人がレイスのお師匠様なんてと心配するのと同時に、私はフェザーさんやレイスが頑なにベルクさんを紹介してくれなかった理由を悟る。凄腕だと聞いたのでお金が貯まったら食材採取を頼みたいなと考えていたのだが、なんやかんやと誤魔化されて今まで会ったことがなく不思議に思っていたのだが、そういうことなのだろう。

レイスのお師匠様が女好き……。

なんだか想像できない。

そしてレイスがお師匠様の影響を受けてないか心配になってきた。

レイスがやたらと物を分けてくれるのって、私の生活を哀れんでるのと就職口を紹介してもらうきっかけになったことへのお礼、それから私の料理を気に入ったからだと思ってたけどもしかして違うのだろうか。無意識にお師匠様の貢ぎぐせがうつっているのだとしたら一大事である。止めさせないと。

「まぁ、そういうことだから値段はあんま気にすんな」

驚き過ぎてわけのわからない方向に思考を飛ばしていると、アイザさんの声が耳を打ち私はハッと我に返る。いけない。お師匠様の情報が衝撃的すぎて、今完璧にアイザさんとレイスの存在を忘れてたわ。

「俺も細工の腕を磨くのにいい練習になるし」

「は、はい」

拭いきれない動揺のまま頷けば、アイザさんが満足そうな笑みを浮かべて「楽しみにしてろ」と言い放つ。安くしてくれるのは大変嬉しいんだけど本当にいいのかな、これ……。

「ちょっと部品の加工に時間がかかるからそうだな……十日後にまた来い」

「わかった」

そんな私の心情を知ってか知らずか、二人はこの話はもう終わりだとでも言うようにサクッと会話を締めるとアイザさんは再び紙やインクの準備に取り掛かり、レイスは残っていたエールを呑み干して席を立つ。

「帰ろう、マリー」

「気を付けて帰れよー」

これが日常なのだとでも言うような疑問の欠片もないレイスの瞳とアイザさんの緩い声に、これ以上なにを言っても無駄だということがなんとなくわかったので、私は彼らの言葉に大人しく従い立ち上がる。

依頼をしに来たというよりも、レイスの知り合いとしてもてなされただけのような気がするのだけれどいいのかな……。

そんな疑問を胸に抱きつつ、お礼と別れの挨拶をするために私達に背を向けているアイザさんへ声をかける。

「アイザさん。エールご馳走様でした」

「おう」

「十日後を楽しみにしてます。お邪魔しました」

「ああ。任せとけ」

胸を張るアイザさんにペコリと頭を下げて、待っていてくれたレイスと共に扉を潜る。

「いい職人さんを紹介してくれてありがとう」

「アイザは器用だからな」

「そうなんだ」

並ぶ刃物から目を逸らしつつレイスとそんな会話を交わしながら歩くこと十数歩。

——次に来る時にはお礼持ってこよう。

カランカランと軽快に鳴る鐘の音を聞きながら店を出た私はそんな想いと共に閉じ行く扉に軽く頭を下げて、レイスと共に賑わう市場へと再び足を踏み出したのだった。

トマトの位置付けやこの世界の食の発展度それからレイスのお師匠様のご趣味など、衝撃的な事実が盛りだくさんだった市場での買い物から数時間後。

我が家となりつつある小屋へ帰宅した私は気合を入れるべく腕をまくり、少し伸びた髪の毛を一つにまとめ直してキッチンに立っていた。

——さぁ、気を取り直してお菓子作りを始めましょうか。

といっても泡立て器さえない状況で作れる品は限られているし、もちろんオーブンなどこの小屋の中にはない。なので今日はコンロとお鍋があれば作れるプリンに挑戦しようと思っている。

まず用意するのは砂糖を百五十グラムと水を四十グラム、鍋敷きとそれからプリン容器代わりの鉄製の器。この器の本来の用途は不明なのだが、値段やサイズが丁度良かったので今回はこれで。

カラメルが零れると危ないので湿らせた布巾を広げて、その上に器を並べておく。こうしておくと器が滑らないし、万が一カラメルを垂らしてしまっても台につかないので安心である。固まったカラメルの掃除は大変だからね。

そうして型の準備が終わったらさっそくカラメル作りだ。

片手で扱える大きさの小鍋に砂糖を少しだけ入れて魔石コンロの上に置き、弱火と中火の間くらいの火加減で温める。

あらかじめ少しだけ砂糖を中に入れたのは、鍋の温まり具合を確認するため。入れておいた砂糖が溶けて透明になったら鍋の温度はオッケーなので、砂糖を四分の一くらい入れて軽く揺すって広げる。

そして鍋を火の上に戻し、砂糖が溶けるのをじっと待つ。

縁の方から溶けてくるので、鍋を回して中身が均一になるよう混ぜる。

この時木杓子などは一切使わず、鍋を回したり火の当たる位置を動かすことで溶け加減を調整していく。また溶けている砂糖が色づいているようだったら、火から離して中身を回し温度が上がり過ぎないよう調整する。

これを四、五回繰り返して砂糖をすべて溶かしていくのだが、色づき始めてから焦げるまではあっという間なので透明から黄金色をキープできるよう集中力が必要である。

ちなみにカラメルを作る際は、コンロの火加減はいじらないことをお勧めする。砂糖は色づき始めると一気に焦げていくので、鍋から目を離して火を弱めているうちに大抵手遅れになるからだ。

なので温度調整は基本的に鍋の上げ下げで行う。濡れ布巾を用意しておいてもいいかもしれないが、冷まし過ぎると固まって飴になってしまうので心配な人は弱火で時間をかけて作る方が失敗しにくいと思う。

　さてさて、そうしてすべての砂糖を溶かし終えたら最後の仕上げだ。

　用意しておいた水が手元にあることを確認したら、カラメルが一番高い温度になるよう沸騰させる。火加減は変えず時折鍋を回して溶けた砂糖の色を均一にしながら、濃い茶色になりブクブクと泡が出るようになるまで待つ。全面に泡が出て沸騰したら素早く火から下ろして鍋敷きなどの上に置いて、鍋肌に沿うように水を加える。

　熱々のカラメルに水を加えると蒸気が一気に上がるので、間違っても鍋の上に手がかかっている状態にならないよう、また覗き込みながら水を入れないよう注意が必要だ。矛盾しているようだけど、水は鍋の縁から手早くそっと流す。

　でないと大火傷してしまうからね。

　それにもたもたしているとカラメルの温度が下がって、水に綺麗に溶けなくなってしまうのだ。

　水を加えると水蒸気が上がりジュワッと大きな音がしたあとグツグツと鳴るので、収まるまで少し待つ。

「だ、大丈夫なのか」

「大丈夫よ」

　水蒸気に驚いたのか慌ててやってきたレイスにそう返しつつ、冷めないうちに鍋を回してカラメルと水が綺麗に混ざっているのを確認。固まりなく溶けていたら、用意しておいた器の底が見えなくなるくらいまで鍋を傾けて注ぐ。下手にスプーンなどを使うとカラメルが手について火傷したり、冷めて固まってしまったりするので鍋から直接がお勧めである。

「レイス。これ、表面が固くなるまで魔法で冷やしてもらってもいい？」

「……ああ」

「熱いから気を付けてね」

衝撃冷めやらぬといった様子のレイスにカラメルを注いだ器を冷やすのを頼み、あとで洗いやすいよう使った鍋に水を注いで浸しておく。

今日はレイスがいるからいいけど……。

そのうち勇者様印の魔石式冷蔵庫を買いたいところである。ちなみに同じく魔石式洗濯機なんてものもあり、フェザーさん宅に行ってたまに借りていたりする。手洗いせずに済んでとても助かっているけれども、醤油片手にトリップしたり冷蔵庫や洗濯機を開発したりと勇者様は随分所帯染みた方だったようだ。

普通の高校生っぽかったけど人は見かけによらないな、などと考えつつ私はクリーム部分の調理に取りかかる。

用意するのは牛乳三百三十グラムにMサイズくらいの卵二個と卵黄を一個分、それから蜂蜜六十二グラム。

本当だったら蜂蜜じゃなくて砂糖八十グラムなんだけど……。

三キロで金貨一枚もする高価な砂糖をカラメルで大量に使ってしまったので、クリーム部分はレイスから貰った蜂蜜に置き換えておく。蜂蜜の味が入ることでヴァニラビーンズの不在も誤魔化せるしね。

ちなみに、蜂蜜大さじ一杯の甘さは砂糖大さじ三杯分に匹敵すると言われている。

同じ大さじ一杯といってもグラムに換算すると蜂蜜と砂糖では重さが違うので細かい説明は省くけど、砂糖の重さを一・三で割り四捨五入すれば蜂蜜のグラムに置き換えることができるので覚えておくとお菓子や料理を作るのに便利である。

——大量の砂糖やヴァニラビーンズ、生クリームやバターなど欲しいものを挙げればきりがないけど、今回は牛乳が手に入るようになっただけ大収穫よね。

レイスが紹介してくれたチーズ屋さんが分けてくれたのだが、今後も事前に言っておけば用意しておいてくれるとのことなので生クリームとバターは追々手に入る。小麦粉は普通に購入できるので、近々クッキーが焼けそうだ。

未来に想いを馳せながら、鍋に牛乳を入れて中火で温める。その間にボウルに卵と卵黄を入れて大きめのフォークで溶き、さらに蜂蜜を加えて気泡ができないよう優しく混ぜ合わせておく。

牛乳は沸騰手前、縁の部分に細かい泡が付き始めたらオッケーなので火を止める。

蜂蜜を混ぜた卵液にまずは五分の一ほど牛乳を加えて混ぜて、卵白が綺麗に混ざっているか確認。次いで残りの牛乳も加えていくんだけど、一気に温かいものを加えてしまうと卵が固まってしまうので四、五回に分けて混ぜ合わせる。

出来上がった卵液を布で漉(こ)したらクリーム部分の作業はお終(しま)い。

カラメルはどんな具合かなと振り返ればすでにできていたらしく、冷やし終わった器をキッチンまで運んできてくれた。

「……できたのか？」

「これを器に入れて蒸して冷やしたら完成なの」

薄黄色い液体と固まった茶色い物体が入った器をたっぷり見比べたあとためらうように尋ねてきたレイスにそう答えれば、どこか安心した様子でそうかと零す。

まぁ、この状態だとどうみても美味しくはなさそうだもんね。

見学する態勢に入ったレイスを横目に私は大きく深い鍋に三センチほど水を入れて、小さな両手鍋を逆さにして入れる。そして小さな鉄板を載せれば簡易蒸し器の完成だ。

日本ではココットと陶器のお皿で代用していたけど、お鍋と鉄板でも問題ないはず。

最後にプリンに水滴が落ちないように蓋に布を巻いて、火にかける。

沸騰するのを待つ間にレイスが冷やしてくれたカラメルの上に先ほど作った卵液を均等に注ぎ、表面に浮いている気泡は指先に灯した火でサッと炙って割っておく。いちいち竹串で割らずとも、茶碗蒸しの表面に浮いた気泡とかも蝋燭なんかの小さな火を近づけると衝撃で簡単に消せるのよね。

——鳥の骨で出汁を取って茶碗蒸しもありかも。

そうこう考えているうちに鍋から水蒸気が出てきたので火傷に気を付けつつ、蓋を開けて手早く器を並べて閉める。

二、三分間強火で熱して再び蒸気が上がるのを待ったら、中火に落として蓋を少しだけずらしておく。高温になり過ぎるとプリンにすが入っちゃうからね。

水蒸気を切らさぬよう気を付けて蒸すことおおよそ十から二十分。

器を揺らせば黄色い表面がフルンと波打った。

見た感じ火は通っているようだけど今回は念のため、器の中心に竹串代わりの木の棒を深さの半分ほど刺して確かめておく。穴から卵液が出てこなければ蒸し上がりなので、ミトン代わりに布を巻いた手で器を取り出す。これを冷やしたら完成だ。

「レイス」

簡易蒸し器の構造を興味深そうに眺めていたレイスを呼べば、わかっているとばかりに頷いた。

「冷やすんだな」

「そう。お願いしていい？」

「ああ」

軽く頷いたレイスが湯気の立ち上るプリンに手をかざした一拍後、中身が冷えたことで器の表面に薄っすらと結露が浮かび上がる。

さすがレイス、魔法を使うのが私とは比べものにならないほど速い。

「もう終わったの？」

「ああ。もっと冷やすのか？」

器を触ってみれば冷たく、持ちあげて底を確認すればひんやりした温度が指先に伝わってくる。中までしっかり冷やされてるようだ。

「大丈夫みたい。ありがとう」

「そうか」

器についた水分を拭き取り、取り出した平らなお皿を被せてひっくり返す。プリンが型から外れてお皿の上に重みが移動したことを確認したあとそっと器を持ちあげれば、フルッと揺れるプリンの出来上がり。

微かに香るカラメルの香ばしくも甘い匂いが鼻先をくすぐり、否が応でも期待感が増していく。

「……すごいな」

茶色いソースを纏いふるふると揺れるクリーム色のプリンにレイスが零した感嘆の声には確かな驚きと期待が込められていて、なんとなく誇らしい。

「でしょ」

「ああ」

液体が柔らかく固まったことが不思議なのかしげしげとプリンを眺めるレイスを横目に、カラメルやクリームを少し多めに入れて作った器を先ほど同様にひっくり返す。プリンは綺麗に蒸し上がっているのでなんの抵抗もなくお皿にくりだし、堂々とした出で立ちで揺れていた。

「食べましょう」

「ああ」

スプーンを載せた二つのお皿を手に食卓へと向かえば、レイスもどこか嬉しそうな様子で付いて来る。

出来上がったプリンは四つ。あとの二つはフェザーさんとカリーナさんに持っていく予定だ。喜んでくれるといいなと思いつつ慎重にプリンを机に載せていそいそと席に着けば、食前の祈りを捧げるために手を組んでいるレイスと目が合う。なんて素早い。

それほど楽しみにしてくれているのなら待たせるのは悪いので私も手を組み、目配せを一つ。

余計な言葉はいらなかった。

「――感謝を」

早くプリンを食べたい。その一心で手早く挨拶を済ませれば、いざ実食だ。

カラメルがしみ込み天辺が少し茶色くなったクリームの山と麓にサラサラと広がる濃い目の琥珀色をしたソースは甘味の焦がれる故の幻想か艶やかに輝いており、微かに香る甘い香りに誘われるままスプーンを差し込めば柔らかい感触が手に伝う。牛乳と卵と蜂蜜だけで構成された昔ながらという言葉が相応しい少し硬めのプリンの山は少し削ったくらいでは揺るがず、フルフルとその存在を主張していた。

久方ぶりに見たその姿に感動しつつまずはクリーム部分だけを口にすれば、しっかりした卵の味と蜂蜜のほのかな甘さが広がりツルリとした感触が喉を楽しませてくれる。

冷たいプリンが胃の中に降りていく感覚までしっかり味わいつつ、二口目はたっぷりのカラメルソースと一緒に。ほろ苦くも甘いカラメルと合わさることで卵は主張を控え、その代わりに牛乳のまろやかさが際立ち、思わずほぅと吐息が漏れた。

………しあわせだわ。

しっかり焦がされたカラメルは苦さと甘さが絶妙のバランスに仕上がっており、少し卵が強いクリーム部分を飽きさせることがない。

お菓子の学校に通い始めた頃、カラメルをマスターするために飽きるほどプリンを作った甲斐があったようだ。お米の炊飯同様、繰り返し練習し身に付けたものは数年のブランクがあってもそう簡単に忘れたりはしないらしい。

でも、蒸し器がないっていうのは意外だったな……。

プリンを味わいながら私は市場での記憶をふと思い出す。

私が暮らしているオリュゾンは自生している植物を見る限り日本によく似た風土の島国だが、新興国ということもあり様々な国からの移民が多い。そのため食材や調理器具や服などを様々な国から輸入しており、種類が豊富だ。

しかし中国などアジアを思わすような品はなく、自宅で使う人は減ったものの日本人にはポピュラーな調理器具である蒸し器が見当たらなかった。

そう考え思い出すのは、数年前に大学で詰め込んでいた知識。

蒸し器の祖は古代中国で発見された甑（こしき）という米を蒸すのに使われた土器であり、竹や木で編まれた同目的の物は蒸籠（せいろう）と呼称されるという。古来より米を主食としてきた中国や日本などでは蒸すという調理法が使われた料理が多く、包子（パオズ）などの点心やまんじゅう、粽（ちまき）や団子に茶碗蒸しなどを誰しもが簡単に思い浮かべるだろう。

しかしヨーロッパは直火焼きや鍋での煮込み料理などが一般的で、密閉容器や葉で包んで食材に直接火を当てずに蒸すように加熱する蒸し焼きはあっても、蒸し器などを使って水蒸気の熱で調理するという方法はなかったとも聞いたことがある。フランスやイギリスの伝統料理を調べると、蒸すにあたる作業工程が見当たらなかったりもするしね。

この四か月間に集めた情報によるとこの世界は大中小様々な島国があり、その国の風土に沿った文化が発展している。イメージ的には地球では陸続きにあるフランスやイタリアが、バラバラになって海に浮いているといった感じだ。

そして大国と呼ばれる広大な土地と多くの国民を抱える発展した島が持つ文化は、ヨーロッパの国々に近い。

だからこの世界でお米が食材として普及しなかったのかな……。

魔王の影響で植物が巨大化していた、というのも大きな要因かもしれない。

小麦一粒が掌くらいの大きさで魔法によって腐らせることなく長期保存できていたとくれば、不作により小麦粉が不足してパンが食べられないなんてことはなかったはず。そんな状況で新しい主食を探す人などいないだろうし、お米を美味しく食べるために新たな調理法が発見される可能性は低い。

女神に取って代わりこの世界を支配しようとする魔王一派との戦いで忙しかったみたいだし、あながち私の考えは間違っていないだろう。

お蔭でお米が安く手に入って、家計的にも大助かりなんだけど……。

米食文化で育った身としては複雑である。

米を粉にしてみた人くらいはいたかもしれない。しかし蒸すという概念がなかったのなら食べ物として定着しなかったのも納得というか、仕方のないことなのだろう。

上新粉などを使った料理や菓子には大抵蒸す工程が入るし、グルテンがなく粘り気のない米粉だけでパンを作るには生地の粘度調整という作業が入る。現代のスーパーなどで売られているパンが作れる米粉には、増粘剤にあたる物が入っているからね。

ちなみに水を加えて捏(こ)ねたあと茹でれば食べられる白玉粉は別名寒晒粉(かんざらしこ)と呼ばれ、吸水させたもち米を粉砕して液状にしたあと漉し布などに入れて絞って乾燥させて、と上新粉や新粉よりも作業工程が多い。小麦粉が大量にある状況下で、そこまでして米粉を美味しくいただこうという気概が湧かなかったのは致し方ない。

それに大国と呼ばれる国々にある稲の系統は長細いインディカ米であり、日本人が好む楕円形のジャポニカ米はここオリュゾンで初めて発見された品種らしいからね。そもそも、といった状況である。

ちなみに私達が普段白米として食べているのはうるち米と呼ばれる半透明なもので、白玉粉の原料にもなるもち米は白く不透明である。フェザーさんから分けてもらっているものはうるち米、オリュゾンにもち米が存在するかはわからないので製法を知っていても白玉粉を作ることは今のところ不可能だ。

動植物や気候、太陽の動きや日の移り変わりとかは地球とよく似ているくせに、なぜこれほど米文化が発展しない状況が揃ってしまったのか。地球でもヨーロッパ地方の気候は稲作に向かなかったため日本やアジア圏のように広く普及しなかったけど、一応お米も穀物の一種として認知されていたのに。

異世界だからと言ってしまえばそれまでだけど……。

不思議だわ、と心の中で呟きながら最後のひと口をすくいあげる。

美味しい料理の最後の一口は嬉しくも物悲しかった。

もっと食べたかったな……。

空になったお皿を見詰めながらそう思ったのはレイスも同じだったようで、切なさを含んだ声が私を呼ぶ。

「マリー」

アンバーの瞳が見つめるのは、キッチンに置かれたままだったフェザーさんとカリーナさんに渡す予定のプリン。

それは甘い誘惑だった。

しかし私は心を鬼にして首を振る。

「マリー」

「駄目よ」

「……」

無言で訴えかけてくるレイスに負けることなく再度首を振れば、その瞳に落胆が浮かぶ。彼にもお世話になっているけど、フェザーさんとカリーナさんにはこちらに来て右も左もわからない頃から色々と面倒をみてもらっているもの。

「あれはフェザーさんとカリーナさんの分だから駄目。レイスだってお世話になってるでしょう？」

駄目押しにそう告げれば、就職先を紹介してもらった恩があるフェザーさんとカリーナさんの名前が出たことでレイスも流石に諦めたらしく、静かにスプーンを置いた。

見るからに落ち込んでいて可哀想だけど仕方ない。

「牛乳と卵と蜂蜜はあるから黄色いところはまだ作れるけど、買って来た砂糖は使い切っちゃったから茶色いソースが作れないもの。ソースなしじゃ悲しくなるだけだわ」

カラメルのないプリンもありと言えばありだけど、完成形を食べてしまったあとでは物足りない。生クリームとかヴァニラビーンズとかラム酒とかがあってクリーム部分をリッチに仕上げることができるなら話は別だけど、どれもすぐに用意することはできないので今日はお終いにした方がいい。

名残惜しいけどこれは仕方のないこと。

だって貧困から抜け出したといっても、裕福ではないのだからね。

静かになったレイスを気にしつつも、空っぽのお皿をみていると悲しくなってくるので片づけようとしたその時だった。とても真っ直ぐな光を灯したアンバーの瞳が私を射貫く。

「買ってくる」

「レイス？」

「砂糖があればいいんだろう？」

「え。まぁ、そうだけど買いに行くの？」

「すぐ戻る」

「いやいや。砂糖高いし、今日はもう諦めましょう」

立ち上がり出かける気満々なレイスをそう言って引き留めるも、彼は引かなかった。

「相手が貴族だから受けるか迷っていたが、割のいい仕事があるから大丈夫だ」

「割がいいって、それ危ない仕事じゃないの」

貴族が持ってきた割のいい仕事という怪しい響きの内容を心配してそう尋ねれば、返ってきたのはあんまりな答えで。

「自前の護衛を連れてくるし、森を案内するだけの簡単な仕事だ。師匠の知り合いだそうだが男ばかりで気乗りしないから俺にやらないかと」

「そのお師匠様、本当に大丈夫な人？」

思わず真顔で聞いてしまった。

アイザさんのお店では飲み込んだけど、限界だった。これ以上、見てみぬふりなどできない。いくら知り合いだとは言え、お貴族様からの依頼をそんな理由で断るなど許されるものなのだろうか？　それに断りの理由も普通じゃない。私の常識では一社会人として完全にアウトだ。

「仕事の腕だけは確かだ」

しかしレイスは気にしてないのか、それともすでに慣れ切っているのかそう答えると、マジックバッグを片手に「行ってくる」と言って小屋から出て行ってしまった。

フェザーさんが紹介するくらいだから、悪い人ではないんだろうけど……。

色々と不安である。

私とは別の意味で世間知らずなレイスが、悪い影響を受けないか頗る心配だ。

とはいえ、会ったこともない人についてあれこれ悩んでも仕方ないわけで。

レイスはプリンのために颯爽と走り去ってしまったので、帰ってくるまで詳しい話を聞くこともできないし、想像を巡らせたところでお師匠様であるベルクさんについて知ることなどできない。

プリンを持って行った時にカリーナさんにも聞いておこう……。

すでに慣れてしまっているレイスやアイザさん、私が興味を持たないようにはぐらかすフェザーさんよりも正確な情報を教えてくれるに違いない。

そう結論付けた私は、とりあえずレイスが帰ってきたらすぐにプリンを作れるように準備を済ませておこうと、空になった食器を持ってキッチンへ向かったのだった。

№8　アーモンドクッキー（サブレ・ディアマン風）

――初めてのお菓子作りから九日経った日の夜。

明日はアイザさんと約束した十日後というわけで、値引きのお礼を兼ねて手土産にクッキーを持参すべく私は生地作りの前段階である材料の仕込みに勤しんでいた。

現在準備しているのはクッキーに混ぜ込むアーモンド。レイスが持って来てくれてからコツコツと処理を進めており果肉の除去に一日、殻付きを陰乾しすること七日間が経過している。

乾燥を終えたアーモンドを外で拾って来た硯みたいな形状の石の上に置き、拳大の石で殴って殻をベキッと砕く。そしてお馴染みの薄皮に包まれたアーモンドを取り出して、割った殻は捨てる。

そんな私の隣ではレイスがチーズ屋さんから分けて貰った早朝搾りたての牛乳を深鍋に入れて一日半放置して、上に溜まったクリームを詰めた袋をバチャバチャと振ってバター作りに励んでくれていたりする。

ちなみに深鍋に入れた牛乳はフェザーさん宅にある勇者様印の冷蔵庫で預かっていただいていた。

お米の件で奇異の目を向けられていたものの、前回のプリンが大変好評だったので甘いものを作ると言ったら快く一晩置かせてくれた。石窯もカリーナさんのお友達がパン屋さんを営んでおり、明日の昼間に貸してくれることになっているのでばっちりである。

仕事中に行った鳥小屋の清掃などの疲れと相まって若干腕がプルプルしてきたけど、「クッキーのため」と唱えながら頑張って割っていく。

私の持論だけど、お菓子作りで重要なのは体力と腕の筋肉だ。

ふんわりしたケーキを焼くためにメレンゲや全卵を泡立てたり、バターをクリーム状に練ったり、固まりゆくカスタードを焦がさないよう必死に鍋の中身をかき回したりね。体力のない人がカスタードに挑戦したら、きっと一キロ分で腕が痺れるだろう。業務用の鉄板も一枚が地味に重いし、お菓子作りと聞くと可愛らしいイメージを持つ人が多いけど、仕事にしようと思ったらだいぶ覚悟がいる職だと思う。

それが機械化の進んでいない異世界ではなおさら。

夕食を食べて少し回復したとはいえ、仕事終わりにやるには大変な重労働である。

レイスが手伝ってくれてよかったと心から感謝しつつアーモンドを手早く割っていく。このあと取り出した中身を煎って、半分か三分一サイズに切っておかないといけないからね。

「それで結局、お師匠様の知り合いだっていう貴族様達はどんな人達だったの？」

残り少なくなってきたアーモンド割りに気合を入れ直しながら、作業の片手間にここ三日間の仕事がどんなものだったか尋ねる。

「悪くはなかった」

バターを作る水音と石を打ちつける音が響いている所為で、互いにいつもより大きな声での会話だ。

「いい人達だったんだ？」

「連れていた護衛の腕がよかった。それに土産を拾ってもなにも言わない」

「へー。心の広い人達だったんだ」

「食べるのだと言ったら、驚いていたが」

「え、これ食べないの？」

その言葉に私は思わず手を止める。

夕飯をご馳走する代わりにレイスは仕事で取ったものを分けてくれるので、動物達が食べたような形跡がある物を見つけたらお土産として持ち帰ってもらっている。もちろん仕事の邪魔にならなければ、だけどね。

以前持って帰ってきてくれた食材の中にアーモンドがあったので、また見つけたらとお願いして今回こうして持ち帰ってもらったのだが、まさかナッツ類が食べられていないなんて。

ナッツ類って昔から世界中で親しまれてきたものじゃないの？　それとも米と同じく異世界的な理由で食べられてなかったとでも言うのだろうか。そんな私の疑問は表情に出ていたらしく、レイスが丁寧に説明してくれる。

「以前はもっと大きくて殻も分厚く頑丈だったから、投石の代わりにしていたらしい。それで森や山奥に群生地が点在しているそうだ」

「そ、そうなんだ」

レイスが袋を振るのを止めて手で示してくれた大きさは、ラグビーボールより少し大きいくらいだった。たしかにナッツ類がそれだけ大きくなれば殻も頑丈で、石代わりになっただろう。

……割れたとしても、戦場で味見してる余裕なんかそりゃないよね。

というか目の前に敵がいるんだから、まずそれどころではないだろう。それに場所が場所だ。私だって戦場で拾ったものは、食べ物であっても口に入れようと思わない。

「毒もないし、動物も食べている。味も悪くないと伝えたら試してみると言って彼等も拾っていた」

「持ち帰ったの？」

「オリュゾンを発展させるために、名産品にできそうな新しい食材を探しているそうだ」

「それでレイスのお師匠様に依頼があったのね」

「ああ」

レイスが案内した貴族様達の目的に、それは素晴らしいことだと目を輝かせる。ぜひその調子で食材の開拓を進め、米やトマトは食べ物じゃないっていう不文律を失くしてほしい。

――そうしたら色々料理しやすくなるしね。

食の発展に想いを馳せながら最後の一個を割った私は、捨てる殻と割石を片付けて立ち上がる。

「煎ってくるね」

「ああ」

無表情のまま袋に入った牛乳をひたすら振ってバチャバチャと音を鳴らしているレイスにそう断りを入れて、キッチンへ向かう。

コンロに乾いたフライパンを載せて取り出したばかりのアーモンドを重ならない程度の量を入れて並べる。そして中火で焦げないよう時々揺すりながら熱することしばし。

パチパチと音が鳴り始めたら木杓子などでひっくり返すように混ぜて再度加熱。

全体的に焼き色がついたら完成なので、お皿に移して冷ます。

三回ほどに分けて全部のアーモンドを煎ったら七十グラム取って、半分もしくは三分の一の大きさに切り、アーモンドの下拵えは完了である。

「余った分、食べる？」

「食べる」

残りを摘まむか聞けば即答されたので小皿に移して持っていってあげる。

「バターはこんな感じでいいのか？」

アーモンドが入った小皿と入れ替わりに渡された袋を受け取り振ってみれば袋の中でボットン、ボットンと塊が動く感触がする。どうやらバターもいい感じに仕上がっているらしい。

「大丈夫みたい。ありがとう」

「ああ」

ポリポリとローストアーモンドを齧るレイスにお礼を言ってキッチンに戻った私はボウルを引き寄せて、袋の中の液体バターミルクを取り出す。

――これは煮込み料理で使えるから取っておいてっと。

次いで袋の中に冷水を入れて洗うこと二、三回。

出てくる水が綺麗になったら中の塊を台の上に取り出し、滑らかな一塊になるまで木杓子で練れば無塩バターの完成だ。

ちなみにこの無塩バターに二～三パーセントの塩を加えて練れば、パンに載せると美味しい有塩バターとなる。

今回はお菓子作りに使うので無塩のままで、百五十グラムほど必要なんだけど足りたみたい。

余ったバターでなにを作って食べようかなと使用法を考えつつ、他の材料の準備に移る。といっても蜂蜜八十グラムに牛乳五グラムと塩を二つまみ、最後に小麦粉を百九十グラム量ったら材料の準備はお終いだ。

台を綺麗にしたらさっそく生地作りを開始。

早く終わらせて寝ないと明日寝坊しちゃうからね。

ちなみに本日作るクッキーはサブレ・ディアマン風にするつもりだ。

サブレとはフランス語で砂を意味し、バターをたっぷり使ったサクサク軽い食感の生地、そしてディアマンとはダイアモンドを意味しており、サブレの周りに纏わせたグラニュー糖の輝きが綺麗な一品である。

今回の生地は蜂蜜を入れて作るためサブレというには少し硬いけど、ディアマン風に周りに砂糖を付けることで食べた瞬間甘さを感じやすくなるだろう。まぁ、言ってしまえば蜂蜜と砂糖を節約してクッキーを作ろうと思ったら、こういう形になったというわけだ。

……いつか砂糖とバターをふんだんに使った、サックサクのサブレ・ディアマンを食べたいわね。

上を望めばきりがない食への欲求に心の中でため息を零しつつ、クッキー作りに入る。

まずは台の上に小麦粉を篩（ふる）う。

購入した小麦の種類は恐らく中力粉。パン屋さんの中でも柔らかめの食感を売りにしているところと同じものを教えてもらったのでたぶん大丈夫。

なぜ「恐らく」や「たぶん」と言っているかといえば日本では薄力粉、中力粉、準強力粉、強力粉というたんぱく質含有量による区分が一般的だが、フランスなどではType45（灰分０・50％）、Type55（灰分０・50～０・60％）といった形で灰分、皮などの不純物が含まれている量によって区分されることが多いからだ。海外のスーパーなどだと、菓子用小麦粉やパン用小麦粉といった感じの名で売られていることが多いみたい。ヨーロッパのお菓子屋さんやパン屋さんはほとんどが個人経営なので、地域ごとに挽いて使っている、という話も聞いたことがある。

そんな小麦粉のお話はさておき、ここは異世界。もちろん薄力粉や中力粉なんて表示はない。しかし小麦粉は灰分が少ないほどソフトな食感になるはずなので、出来上がるパンの特徴や不純物の具合などを詳しく聞き恐らく中力粉だと思われるものを選んでみたというわけだ。

こればっかりは作ってみないとなんとも言えないのでドキドキである。

……薄力粉から強力粉までがずらっと並んだ日本のスーパーが恋しいわ。

泡立て器や蒸し器の不在と同様に異世界である不便さを感じつつ、次の工程に入る。

とその前に。

「レイス。このバターを冷やしてもらってもいい？」

「ああ」

呼びかけに応じて近寄って来てくれたレイスに先ほど完成したバターを差し出せば、数秒も待たずにひんやりした状態になった。私ならばここまで温度を下げるには十分はかかるので、レイスの器用さは羨ましいかぎりである。

「さっき俺が振っていたやつか？」

「そう。あとでパン用に塩を混ぜたやつを渡すからパンに塗って食べてみて。美味しいわよ」

「そうか」

想像したのか弾んだ声が耳元で聞こえた。艶のある低音なのにこういう時のレイスの声は子供っぽい響きがあるから、不思議なものである。

喜びを隠さない声色を微笑ましく思いながら、私はバターを篩った小麦粉の中に沈める。そしてスケッパーを真似て成形した小さな鉄板で冷えたバターを細かく刻んでいく。細かくなったら小麦粉に混ぜ込むようにさらに四方八方から刻み、最後は両手の掌を擦り合わせるようにして混ぜサラサラの砂状にしていく。

サブラージュ、といって脂肪と粉を揉むように擦り交ぜサラサラの砂状にする工程だ。

小麦粉が薄っすら黄色くなるまでこの作業を行うのだが、冷やしたバターが温まって溶けてしまうとサクサクした食感に仕上がらないので手早く、体温が伝わらないように行う。

イメージとしては小麦粉の粉一粒一粒をバターでコーティングする感じ。これによって、グルテンが形成されにくくなりサクッとした食感が生まれる。

小麦粉とバターが混ざったら丸く盛った小麦粉の中央にくぼみを作る作業を行う。

丸く土手を作り真ん中に円形の空間ができたら、ぽっかり空いた中央に蜂蜜と塩と牛乳を流し込み、指先でよく混ぜ合わせる。

ちなみにお菓子のレシピで見かける極少量の塩は省かない方がいい。

塩が入ることで小麦粉の粉の味というか麦臭さが抑えられるからね。あの少量の塩があるのとないのとでは、出来上がりの味が結構変わる。

穴の中に入れた材料が混ざったら、土手を崩して混ぜ合わせていくのだが、この時に捏ねてはいけない。グルテンがどんどん形成されて仕上がりの食感が硬くなっていくので、スケッパーなどで材料をまとめて掌で台に擦りつけるようにして混ぜていく。

生地がまとまったら切っておいたローストアーモンドを加えて先ほどまでと同様に擦るように混ぜて一まとめにし、薄く伸ばして冷蔵庫で休める。

といってもこの小屋に冷蔵庫はないので、作業を見守っていたレイスをそっと見やる。

「冷やすのか」

「うん。生地が固まればいいから少しひんやりすれば大丈夫なんだけど、お願いできる？」

「ああ」

そう言ってレイスが手をかざした途端、固まった生地に便利だなぁとしみじみ思いつつお礼を言って再び生地を軽く捏ねてまとめ直す。この作業をしっかりやっておくと、アーモンドやクルミを入れたクッキーを作った時にできがちな生地とナッツの間の隙間ができにくくなるので、しっかりとまとめ直しておく。

あとは三十センチくらいの棒状にまとめ、レイスに頼んでもう一度冷やす。

クッキー生地が柔らかいとアーモンドの硬さに負けて、綺麗に切れないからね。

生地が冷えて固まっているのを確認したら、ここで砂糖をまぶしておく。棒状のクッキー生地を濡れ布巾の上で転がして表面を湿らせ、お皿に広げた砂糖の上で少し押し付けながら転がすのだ。

砂糖が生地の表面についたら、好みで五～八ミリの厚さに切り分けて生地作りはお終い。

あとは焼くだけである。

といっても石窯を借りられるのは明日なので、焼くのはまたあとで。

今日は切り終えたクッキー生地をお皿に並べて、乾燥しないよう綺麗な布で包む。

すぐに焼かない場合は生地の水分で砂糖が溶けてしまうのでまぶさずに保存しておくんだけど、
入れた時と同じ状態で保存できるマジックバッグなら問題ないからね。魔法って本当に便利だわ。

「それじゃ、これ預かってもらっていい？」

「ああ」

クッキーが形作られていくのを輝く瞳で見ていたレイスに声をかければ、彼はマジックバッグを取りに向かう。

レイスが持つマジックバッグは見た目以上の収納力と軽量効果があるのはもちろんのこと、中の時間を止める魔法がかけられているらしく、道具や食料を入れた時とまったく同じ状態のまま保存できる。

クッキー生地は冷凍保存が可能なんだけど、私は冷凍庫どころか冷蔵庫も持っていない。しかし石窯を借りられる時間は限られている。だから今回はあらかじめ生地を作っておいて、レイスのマジックバッグで預かってもらうことにした。

もちろん預かり賃は焼きあがったアーモンドクッキーである。

マジックバッグはなにかと便利なので購入したい気持ちはあるのだが、お値段は鞄の本体価格プラス一辺十センチの立方体一個分の容量につき小銀貨一枚、お金を追加すればあとから拡張することも可能だそうだ。

レイスが持っているマジックバッグは師匠のお古を譲っていただいたらしく、そのお値段は少なくとも私の一年分の給金を積んでも買えないと思われる。状態保存できるし持ち歩けるという点では大変魅力的だが、それならば私は勇者様印の冷蔵庫がほしい。

冷凍庫も付いてるタイプだと一番安い小型の冷蔵庫で金貨一枚……。

先日プリンのカラメルソースを作るのに使った小銀貨二枚と銅貨四枚でも今の私にとっては大奮発だったのだから、冷蔵庫を手に入れるにはまだまだ時間がかかりそうだ。しかし、お菓子を作ったりすることを考えたら冷凍機能はほしいので、悩ましいところである。

「マリー」

そうこう考えているうちにレイスが戻って来たので私は恭しく頭を下げながら、クッキー生地が載ったお皿を差し出す。

「お願いします」

「任せろ」

そんな私に合わせたのか大仰な様子で頷いたレイスは、お皿を受け取るとバッグに入れた。入れてくれたのだがお皿を手にしてからバッグに仕舞うまでに数秒のタイムラグがあり、その間彼はクッキー生地が載ったお皿に大変熱い視線を向けていたものだから、一抹の不安が胸を過る。

「一応言っておくと、クッキーは焼かないと食べられないよ」

ささやかな懸念を口にすればスッと視線が逸らされた。ちょ、レイスさん⁉

「……枚数覚えてるから、減ってたらすぐわかるんだからね？」

子供じゃないんだからという念を込めつつ釘を刺せば縋(すが)るような眼差しを向けられたけど、お腹壊すから駄目だと首を振る。

するとようやく観念したのか、レイスはたっぷり間を空けつつも頷いた。

「…………………わかった」

至極残念と言わんばかりの声色だけ聞くと可哀想な気がしてくるけど、少し前に恐らく二十歳は超えていると自己申告していたのでこの程度で慰めは不要だと思われる。

でもまぁ、今日は色々手伝ってもらったし……。

ローストアーモンドだけでは可哀想な気がしないでもないので、簡単なおやつでも作ってあげようかな。プリン以降、お菓子へ大きな期待を寄せているレイスを思い出してそう考え直した私は、今ある材料で手早く作れるものを考える。

――塩を加えて有塩にしたバターを焼いたパンに塗って、蜂蜜かければいいかな。

チョイスしたのはバターハニートースト。

ヴァニラアイスも加われば完璧だけど、ないものは仕方ない。

焼いて表面はカリッと中はモチッとした小麦香るパンに濃厚なバターをたっぷりしみ込ませて蜂蜜をかければ、十分豪華なおやつになる。

――バターの微かな塩味と蜂蜜の甘さのコントラストがたまらないのよね。

高カロリーなので地球にいた頃は滅多にやらなかったけど病みつきになる味だ。

魔法を使うために筋肉を意識しながら生活していたことで体が少し引き締まった気がするし、私もちょっとだけ食べようかな。

物悲しそうな雰囲気を滲ませているレイスを横目にそんなことを考えながら、私は再び包丁を手に取ったのだった。

№9　オリュゾン国王太子　ルクト・ノーチェ視点

遥か昔、とある女神様によって創られアリメントムという名を付けられたこの世界は、穏やかな時間を過ごしていた。

一続きの大きな大地には一年を通して豊かな実りが約束されており、大陸を囲む海からは沢山の魚や貝や海藻が取れ、飢えることのない人間や動物達は時折光のベールと共に地上に降り立つ女神様との邂逅（かいこう）を楽しみにしながら仲良く過ごしていたという。

そんな緩やかな日々が崩れたのは今からおおよそ千年前。

魔王の誕生である。

彼（か）の王はこの世に生まれ出るや否や一つだった大陸を砕き割り、人々は大地ごと離れていく仲間達の姿に世界の異変を知った。

散り散りになった大陸の破片は島と呼ばれ、人々は共に住まう者達と身を寄せ合い協力して生きるようになる。やがて同じ大地を踏む人間を同族と呼び、名付けた島を国とした。

同じ日々を過ごしていた人々の間に差異が生じた瞬間である。

人々は己の国が一番女神様に愛されているのだと声高らかに主張し、やがてそれは争いへと発展していった。

そうして分かたれた人間同士で争うこと百年。

魔王が再び動き出す。

世界の隅にある小さな島が消えたのだ。

女神様のお力によって実りが約束されていた大地は荒野となり、食料を求めてその地で暮らしていた人間達は去り、荒廃した島は砕けて砂となり海の底へ沈んで行った。しかし離れ離れになった人々が世界の端で起こったその悲劇を知ることはなく、さらに二百年余りの時が経つ。

自国を一番にすることに夢中だった人々が世界の異変に気が付いたのは、ある年老いた男の言葉がきっかけだったと言われている。


――最近めっきり女神様の光をみなくなったなぁ。


空を見上げてそう呟いた老人の言葉に周りにいた人々が顔を上げて、同意した。そんな噂を耳にしたとある為政者は女神様がいらっしゃらないのはよもや自国だけなのではと危惧して、近隣の国を調べたそうだ。隣国から探られていることに気が付いた国はその理由を知り、同様の不安からさらに遠く離れた島を調査する。

そうして波紋は徐々に広まっていき、人々はようやく女神様の異変に気が付いた。

そして密(ひそ)やかに行われていた魔王の所業を知る。

しかし時すでに遅く。

人々がより良い暮らしを求め広い大地や有能な為政者のいる国に移ったことで無人になった島の大半は魔王の配下によって支配されており、多くの大地がすでに壊れ海の底に沈んでいたのだ。

大地は女神様のお力の写し鏡。

多くの島が失われたことで女神様は力を失い、まどろみの中にいるのだと理解した人々はようやく人間同士で争うことをやめ、手を取り合って魔王討伐を目指し動き出す。

魔王勢力との戦いは容易ではなく、人々はその後七百年近い時間を費やすことになる。

人々の抵抗の甲斐あってか少しだけお力を取り戻された女神様は、力を振り絞って異世界より勇者様をお連れになる。

そして今から数か月前、勇者ユウトによって魔王は倒されて再び世界に平和が訪れた。

魔王の支配から解放された動物達は我々人間と共に過ごしていた時の姿を取り戻し、大地に宿る女神様のお力を吸い上げるため巨大化させられていた植物達も本来の大きさへと戻っていった。

程よく女神の力を吸い上げた植物達は人や動物の糧となり、生き物から漏れ出る魔力は世界へ溶け込み女神様のお力に還元される。

本来の循環構造を取り戻したアリメントムは、昔のように緩やかに回っていくだろう。

数百年ぶりに空を彩った光のベールに誰しもがそう感じた。

しかしこの世界は今、前代未聞の危機を迎えようとしていた。


輝かしい陽光が差し込む王城の一角に作られた専用の執務室の中で、激減した各国の収穫量が記された紙を手に私は今日も今日とて頭を悩ませる。

――足りない。

現在国として確認されている島は百余り。魔王勢力との争いに備えて各国に作られていた大規模な食料庫の中には魔法の効果で時間が止められた多くの食料が眠っているが、各国の人口と照らし合わせるとまったく足りない。

倉庫の食料を放出したとしても、このままの収穫量ではもって三年。

近いうちに、国同士での壮絶な食料の奪い合いが始まるだろう。

食料不足の原因はわかっている。

作物の大きさが縮んだことで物理的に収穫量が減ったからだ。

現在のアリメントムでは限られた島へ人口が集中しており、無人島となっている土地が多い。

女神様がお力を取り戻されたことでどの島も実り豊かになっているはずだが、そもそもそこに人間がいなければ食材があっても収穫されることはなく、我々の口に入ることはない。外敵のいない動物達が悠々と肥えていくのに一役買うだけである。

食料があるのはわかっているのだから移住すればいいと言いたいところだが、発達した文明の生活に慣れた人間が家もなにもないところに住みたいと思うわけがなく。人の手が入っていない島にある食料も加えればきっと十分な量の食物がこの世界に存在するはずなのだが、現在の活動地域内で取れる作物は限られているため、近い将来人々は食料を求めて近隣の島々と争うことになる。

まだそこまで物価に変化がないので多くの民はこの事実に気が付いていないが、あと一年もすれば否が応でも理解するだろう。

そんな中、各国の上層部の行動は様々だ。

我が国オリュゾンのように移住者を募り新たな島を開拓して収穫できる土地を増やす者と、魔王の支配下にあった時と同じように作物を巨大化させる実験に精を出す者、来る戦に備えて軍事力増強に力を入れる国もあれば、女神様に祈る、または食料危機なんて起こらないと高をくっている愚か者達もいる。

我が国は開発途上国ということもあり人口も少ないので、試算上は乗り切れる。しかし祖国である大国からの搾取には耐えられないし、近隣国と争えるような軍事力もない。

作付け量を増やして改善しようにも植える土地を開発しなければならず、間に合わないだろう。

――肥え太ったオークどもめ。

食料不足は困るが快適な自国からは出たくないし、なにもない島に無理やり国民を送り出して顰蹙を買い謀反を起こされたくないという理由で開拓に消極的な大国の王族どもを心の中で罵倒し、再び書類と向き合う。

今のアリメントムには食の大改革が必要だ。

パン以外の主食を食べ、これまでは口にしていなかった食材も消費するように民を誘導し、大国に籠っている豚どもが島の開拓に力を注ぎたくなるなにかを探さないといけない。

できなければ、待っているのは殺し合いだ。

折角異世界の勇者様に助けてもらって平和な世界を手に入れたというのに馬鹿らしい。それも一時の出費を惜しまず、労を厭わず働けば回避できる争いであるからなおさら馬鹿馬鹿しい。

食料を奪い合って戦争する方がよほど金もかかるし、下手したら折角永らえた命を落とすということがなぜあいつらは理解できないのか。

馬鹿どもの考えは私には到底理解できない。したくもないが。

王位争いの末、追い落とされたお爺様がこの島に送られた時は悔しくてたまらなかったが、今思えばあんな愚か者達と袂（たもと）を分かつことができたのだから素晴らしいご英断だった。下手に抵抗して飼い殺しの目に遭い、馬鹿どもと命運を共にするよりもずっといい。

――オリュゾンには指一本触れさせん。

祖父母が汗水垂らして開拓し、父や母が大切に育んでいるこの国や民を大国の豚共のいいように使われてなるものか。むしろ誰もがうらやむ国にして、訪問を懇願する奴らを鼻で笑って追い返してやりたい。いや、そうしてみせる。

オリュゾンの地にも民にも不満はないが、汚い手を使って祖父を貶（おとし）めた恨みは死んでも忘れん。いつか目にものをみせてやるからなと心の中で零しつつ、私は先日拾って来たアーモンドを摘まみ口に放る。殻から取り出しフライパンで煎り軽く塩が振られたそれはカリッと軽快な音を立てて噛み砕かれ、香ばしい薫りと油脂のうまみを口の中に広げる。

――私は生よりもこちらの方が好みだな。

あとで料理長に伝えておこうと、ローストアーモンドをポリポリ摘まみながら記憶に留めておく。巨大化していた時は殻の頑丈さと両端が尖（とが）った形状から投石機での攻撃時に有効とされ、岩がとれない場所には積極的に植えられていたのだがこれほど美味しいとは驚きだ。

武器として使われていたため食べるという意識がなかったがこの味ならば多くの者に受け入られるだろうし、どの島にも大抵植えられているので多少は食料難の解決に役立つだろう。

料理長も他の料理にも使えそうだと言って、砕いたりスライスしたり粉にしていたのでアーモンドが今後どのように活用されていくのか楽しみである。

今晩はトマトを使った料理だと言っていたし……。

現在観賞用とされているトマトだが料理の味によっては、食材として普及させることができるだろう。アーモンドやトマトは美味しいものだと教えてくれた、ベルクが紹介してくれた案内人には感謝しなければならない。いや、正しくは案内人を務めたレイスが惚れ込んでいるマリーという少女にだが。

ローストアーモンドを食べながら思い出すのは、先日食材探しに入った森でレイスと交わした会話。食料を巡る争いを防ぐべく、腹心であるジャンや伴(とも)を連れて森で新たな食材を探していた私達に彼は衝撃の事実を告げたのだった。

森を歩き始めて三時間ほど経った頃。
朝から歩き続けていたこともありいったん休憩しようと腰を下ろしたその場所で、レイスは一人トマトを集めていた。彼はベルクと同じく普段から山や森を歩き回り食材採取や狩りをしているので、慣れている分疲れにくいのだろう。
赤々と実ったトマトを手際よく集めていたのだが、その量がやけに多い。綺麗な色合いからたまに飾ってあるのを王城でも見かけるが、それにしたって取り過ぎだ。どこかの貴族がお茶会の飾りにでも使うのかと思うような量をかき集めているレイスに、もしや我々の案内を請け負っておきながら他の仕事を捌く気なのかという考えが頭を過る。

それはジャンも同じだったようで、真面目な彼は眉を寄せながらレイスに話しかけた。

「先ほどからトマトを大量に集めているが、どこかから採取依頼でも受けているのか？」

棘のあるジャンの物言いにもうちょっと言葉の選びようがあるだろうと頭を抱えつつレイスの返答を待てば、彼は特に気にした様子もなく答えた。

「いえ。マリーへのお土産に」

ベルクを彷彿とさせる台詞にジャンの顔が歪む。

女ったらしなベルクと真面目なジャンの相性はすこぶる悪い。そのため今回はレイスがやって来て私達もジャンも内心喜んでいたのだが、もしやこの男もベルクと同類なのか。

まぁ、仕事に支障をきたさなければ私生活がどうであろうとも構わないのだが……。

ベルクと違い、レイスは「男ばかりだとやる気が出ない」などと口にしてジャンを怒らせることもなかったし、森歩きに不慣れな我々への気遣いや道を阻む獣の排除も手慣れたものでいい仕事ぶりだった。今後も彼に頼もうかと考えていたくらいだが、ジャンと相性が悪いとなると困る。今後のためにもレイスがどうジャンに対応するか見ておこうか。

そのくらいの軽い気持ちで会話の行く末を見守っていたのだが、結論から言うととんでもなかった。

「マリー？　女への贈り物か？」

「ええ」

「随分な量をほしがる女だな」

ベルクとそのご友人たる女性達の所為でやや潔癖症気味のジャンの言葉は、聞いていて気持ちのいいものではなかった。こういった面以外は信頼のおける素晴らしい部下なのだが、色恋を匂わせる女性が関わるとジャンはちょっと面倒な男である。

とはいえ、マリーという女性のことを知らないのに、今の台詞はさすがに怒るだろう。そう思いフォローの言葉を模索するも、レイスは特に気にした様子もなく答えた。

「前回持ち帰った分は全部食べてしまったようなので、今度は飾る分が残るようにと」

「は？」

またかという顔で見守っていた同僚も私も、もちろんジャン本人も固まる。

——今、マリーという女性はトマトを食べたって言ったのか？

予想外な返答に目を瞬かせていると、我々の反応に首を傾げていたレイスがしばらくして得心がいったように頷き、丁寧に説明してくれた。

「飾るものだと知らなかったようで、調理してソースに。野菜や卵と一緒にパンに挟まっていて美味しかったです」

「美味しいのか⁉」

「ええ、とても。そのまま食べても美味しいと」

「そ、そのまま、だと？」

「マリーが言うには」

声を荒げたジャンに構うことなく冷静に答えたレイスはそう言って、再びトマトの回収に戻った。

ベルクから彼はつい最近まで貧民街で暮らしていたと聞いている。だから世間知らずなところもあるかもしれないが、仕事の腕はまぁまぁいいから大目に見てやってくれと頼まれていた。

しかし、今の話はそんな簡単に流していい話ではないだろう。

トマトを食べるって……、しかも美味しいって……。

信じられない話であるができれば詳しく聞きたい。

飾るものだと知らなかったとはいえ、市井の中には思いもよらない行動を取る女性がいるものである。トマトはあんなにけばけばしい色をしているというのに、食するのに躊躇いはなかったのだろうか。

疑問や思うことは沢山あるが己に課せられた任を思えば、今するべきことは一つだ。

「一つ、もらえるかい？」

「ルクト様⁉」

「なりません。せめて持ち帰って調べてからにしてください！」

私の発言にレイスが頷く前に、我に返った臣下達に大慌てで止められる。マリーという女性とレイスがすでに食しているのだから危険はないと実証されているというのに、口うるさい者達である。

しかしこの身は王太子。

彼らの言いたいことも理解できるので、ここは大人しく引き下がるとしよう。

「わかった。その代わり大丈夫そうなら試してみたいから、採取しておいてくれ」

「「畏(かしこ)まりました」」

臣下達は腰を折ると、私の気が変わらないうちにとでもいった様子で何人かがレイスの元に向かい、トマトの取り方を教わり採取を始める。

ちなみにジャンは衝撃が抜けきらなかったのか、固まったままだった。

彼は、女性に夢を見ているタイプだからね……。


そんなこんなで回収してきたトマトは城に戻るなり毒物検査にかけられ実食となったのだが、鼻につく青臭さはあるものの瑞々しく程よい酸味が美味しかった。初めに感じた青臭さも慣れれば気にならず、料理長も料理にいいアクセントを与えてくれるだろうと感心していたくらいだ。

レイスの話によると、マリーという女性は米も食すらしい。

そして奇抜な調理方法が多いが、彼女が食べさせてくれる料理はどれも美味しいそうだ。

ベルクとは異なりあまり饒舌でないレイスからマリーについて聞き出すのは大変だったが、米を美味しく食べることができるというのは有力な情報だった。

——本当に美味しく米を食べることができるなら、食料危機を回避できるかもしれない。

ジャンや家臣達は家畜用の穀物が美味しいわけがないと嫌そうな顔をしていたが、戦をするよりはましだと私は思う。レイスが言うには常食しているらしいし、腹持ちもいいらしい。まずい食べ物を流行らせることは難しいが、味さえよければあとは演出の仕方で家畜用の穀物というイメージは払拭できるはずだ。いや、そのくらいはどうにかしてみせる。

そのためにもマリーという女性が持つ、米を白くして柔らかくする技法を知りたい。

どうにか彼女に近づけないものか……。

調べれば調べるほど、マリーという女性への興味が己の中で深まっていく。

本来の用途を知らなかったとはいえ、トマトやアーモンドを躊躇なく食したその気概も気に入った。食の大改革を行うには、彼女みたいな人材が必要だろう。

しかし一般人、しかも天涯孤独の移住者であるマリーという女性を取り立てるのは難しく、周囲の反発を抑えつつ取り込むには誰の目にもわかる大きな功績が必要だ。年頃と言えなくもない女性であることが判明したことで、色恋沙汰を危惧したジャンや臣下達の煩(うるさ)いこと煩いこと。我が国はまだまだ発展途上で、大国と異なり人材にも余裕がないのだからベルクのように使える人材なら多少のことは目を瞑(つむ)るべきだと思うのだけど。国というのは効率だけではやっていけないから難しい。

なにか、策を考えないといけないな――。

経歴が書かれた調査書を眺めながら、レイスから聞いた彼女の武勇伝を思い出す。そして私はマリーという女性との出会いの時を脳裏に思い描いたのだった。

No.10　フライパンカステラ

――クッキー生地の製作から一晩。


石窯を借りられるのは昼過ぎだというのに、待ちきれなかったのか早朝からやって来たレイスに朝食を振る舞ったあと、なんだかんだと本日分の仕事を手伝ってもらい終わらせたのが数時間前。

その後、フェザーさん宅で美味しい昼食をいただいた私とレイスは、カリーナさんの友人一家が経営しているというパン屋さんの厨房（ちゅうぼう）にお邪魔していた。


部屋の隅に積まれた小麦粉の袋や水が溜められた瓶。

中央に置かれたパン生地を捏ねるための大きな調理台。

壁際に設置された天井近くまである石窯。

ピールを携え、赤く燃える窯を覗き込む二人のパン職人。


絵画や物語の中でしか見られないような光景が広がる厨房に漂う空気は石窯の熱気で熱く、息を吸い込めば焼けた小麦と焦げた砂糖の芳香が肺を満たす。

「――いい匂い」

「ああ」

お昼を食べてきたばかりだというのにお腹を刺激するクッキーの香りに思わずそう零せば、隣にいるレイスも感嘆交じりに頷く。しかしアンバーの瞳が私に向けられることはなく、その視線は石窯、正しくは現在焼成中のクッキーへと注がれていた。釘付け、という言葉がぴったり当てはまる姿だ。相も変わらず無表情だけど、レイスがクッキーを楽しみにしていることが大変よく伝わってくる。

昨日の夜から楽しみで仕方なかったらしいレイスの姿に、無理せずクッキーの焼成を店主さん達に頼んでおいてよかったと思う。

石窯なんて使ったことないから、本当によかった……。

窯の中に真剣な眼差しを向けている店主のブールさんと、その娘であるロゼッタさんの背を眺めながら、快くクッキーの焼成を引き受けてくれたお二人に、心の中で感謝を捧げる。

今、下手に声をかけたら邪魔になっちゃうからね。

今回のクッキーの焼き時間は、百八十度で十二分から十五分。

見た目で言えば、生地の周囲と裏面は薄茶色に色づいているけど表側の中心は白いまま、という状態がベストである。

そう言葉にしてしまえば簡単な気がするけど、温度と時間を設定すれば焼いてくれるオーブンでさえ一台一台微妙なくせがあり、思い通りに仕上げるには何度も練習するしかない。

だというのに温度表示もタイマー機能もなく、薪の量や生地を置く位置などで焼き加減を調節しなければならない石窯で焼成など、その難しさは計り知れない。

オーブンしか使ったことのない私が、石窯でクッキーを焼くなど無謀極まりなく、きっと折角作った生地の大半を駄目にしてしまう。

そこで事前に相談してみたところ、目新しいお菓子に興味を持ったブールさんとロゼッタさんが代わりに焼いてくれることになったというわけだ。

石窯のレンタル料も焼き代も現物支給でいいと言ってくださったし……。

ロゼッタさんを紹介してくれたカリーナさんには、心から感謝している。

クッキーの美味しそうな香りに楽しみだな、と期待に胸を膨らませながら石窯の中を見張っているブールさん達を見つめていると黄金色のお団子頭が揺れ動いた。

「マリーちゃん。クッキーの中心は茶色くならなくてもいいのよね？」

「そうです！」

ロゼッタさんの言葉に力強く頷けば、白髪の頭を屈(かが)めて窯を覗き込んでいたブールさんから嬉しい報告が上がる。

「ならそろそろだな」

渋声で紡がれたその台詞にレイスの喉がゴクッと鳴った。

そんな私達に構うことなく、ブールさんとロゼッタさんは順にピールの長い柄を軽やかに操り、石窯の中からクッキーを取り出す。

「そら、焼けたぞ」

そしてそっと優しい仕草で、キラキラ輝く砂糖に縁どられた黄金色のクッキーを調理台の上に広げたのだった。


――ディアマン風アーモンドクッキーの完成から一時間後。

私とレイスは泡立て器を受け取るため、アイザさんが経営する刃物屋さんへ向かった。

十日ぶりに訪れたお店に変化はなく。

待ってたぜ、と爽やかな笑みで出迎えてくれたアイザさんに先手必勝とばかりにクッキーを差し出せば、目を丸くして前回と同様に奥の部屋に案内された。

片手間に罠や小物づくりを引き受けているだけあって、アイザさんは新しいものや珍しいものがお好きらしく。私が注文した泡立て器そっちのけで、アーモンドクッキーの説明に耳を傾けていた。


「――んで、これがその菓子なのか。綺麗だな」

布を敷いた籠の中に並ぶクッキーをしげしげと眺めるアイザさんに、私は自信をもって頷く。

「そうです。少なくて申し訳ないんですが、さっき焼いてもらったばかりなので美味しいですよ」

「要らないならくれ」

まだ一口も食べていない相手にそう言い放ったレイスの目は真剣そのもので、アイザさんのクッキーに対する興味がより一層深まったようだった。

そしてついにアイザさんの手がクッキーへと伸びる。

歯を立ててサクッと半分ほどに割られ口に入れられたクッキーはカリカリと小気味いい音をたてながら噛み砕かれ、彼の胃の中へと消えて行く。残り半分どころか二枚目も間も置かずに口の中に放り込まれた辺り、アイザさんはこのアーモンドクッキーが気に入ったようだ。

残念そうに見ているレイスには悪いけど……。

クッキーの抜型やケーキ型など、アイザさんにはこれからも沢山お世話になる予定なので口に合ったならばなにより。ホッとした私は肩の力を抜きながら、口の中のものを味わっているアイザさんを待った。パン屋さんで試食した際レイスはもちろん、ブールさんやロゼッタさんも絶賛してくれたのでお土産として悪くはないと思っていたけれど、実際にこうして美味しそうに食べてもらえると嬉しい。

今回作ったディアマン風アーモンドクッキーは生地に加える糖分を蜂蜜にした分、重みのある食感になってしまっているけど硬いアーモンドが入っていることで、それほど気にはならない。また、生地に加えた蜂蜜の量が少ないためベースのクッキーだけでは物足りない味だけど、ディアマン風に砂糖をまぶしたことでカバーされている。

個人的な感想を言えば、バターや砂糖をもっとふんだんに使ったリッチな味わいのクッキーの方が好みなんだけどね。使える材料が限られていることを考えれば、十分な味だ。

ようやく泡立て器も手に入るし、次は白くなるまでホイップしたバターを使うレシピを試してみたいところだ。他にも牛乳や卵を加えるレシピやフルーツピュレなどを混ぜ込むもの、また包丁で切って成形するのではなく、型抜きするタイプや絞り出すタイプなどもある。

クッキーの種類は幅広く、アレンジする余地が沢山あるので飽きることはないだろう。

それにこれからはケーキ類も作れる――。

まだまだ材料は足りないし、道具もないものばかりだけど泡立て器の存在は大きい。石窯のハードルは高く、ブールさん達の協力が必要だしデコレーションケーキなどはまだ難しいけど、簡単なものなら作れるからね。夢は膨らむばかりである。

ちなみに今晩は、カステラもどきを作る予定だ。

あれならフライパンで焼けるし、卵と蜂蜜、牛乳、小麦粉があれば作れるからね。

そうやって、泡立て器の完成まで指折り数えて待つ間に考えていたお菓子を思い浮かべてウキウキと心弾ませていたその時だった。

「――イイもん食ってるじゃねぇか、アイザ」

バリトンボイスが耳を打ったかと思えば太く筋張った腕が目の前を横切り、アイザさんの前に置いてあった籠の中からクッキーを二枚いっぺんに攫って行く。

「「！」」

目を見開いたアイザさんとレイスがガタッと動くのを感じつつ、手が伸びてきた方を見やれば四十代くらいだろう黒髪の男前がいた。しかもその男性は驚き固まる私に対し口端を上げると、流し目を寄越（よこ）しながら新しいクッキーを口に入れ、最後に親指で唇を拭ってみせる。

その色っぽさたるや。

見た目は野性的な雰囲気漂う色男だが、私の心境は「なんだこいつは」である。

いつの間にか入って来て、これ見よがしな仕草。

第一声を思い出すかぎりアイザさんの知り合いのようだけど、なんだか軽そうな人だ。

驚けばいいのか、照れればいいのか……。

この場合、私はどう反応するべきなのだろうか？　このような人種にお目にかかったのは初めてなので対処法がわからない。困り果ててアイザさんへ目をやれば、視界の端に色男が切れ長の瞳を見開いている姿が映っていたけど、あのような人物は私の許容外である。

「――ハハッ！　嬢ちゃん、いい対応すんなぁ」

吹き出すように笑い始めたアイザさんは大変愉快そうだけど欲しい答えは得られなかったので、次いでレイスに目を向ければ何故かまじまじと私を見下ろしている。アイザさんといいレイスといい、どうしたのだろうか。

「レイス？」

「あれがベルクだ」

沈黙したレイスの名を呼べば、状況を思い出したのか私が抱いていた疑問へ答えてくれたのだが、あまりにもサラッとした回答に、一瞬ベルクって誰だっけと考える。

あれ？　ベルクってたしか……。

「――レイスのお師匠様？」

思い出した記憶を頼りにそう尋ねれば、レイスは私の背後にいるだろうベルクさんへ一度視線をやったあと、少し嫌そうな様子で頷く。

「ああ」

「レイス。お前、そんな嫌そうに答えなくてもいいだろう？」

「マリーは相手にしなくていい」

「おい」

情けない声を出したベルクさんを無視して私に語りかけるレイスに、非難の籠った声が上がる。

しかし笑いを収めたアイザさんから「妥当な判断だな」と言われてしまい、不服そうに目を細めた。

なんというか、ベルクさんは表情豊かな人である。表情筋が動かないレイスに慣れている所為か、その反応が大袈裟に思えるくらいだ。

「お前らがそんな態度だから、警戒されちまったじゃないか」

「「それは自業自得だ」」

ピタリとハモった台詞にベルクさんは不満そうな表情を浮かべるが、レイスは慣れてるのか気にすることなく椅子に座り直し、アイザさんはさりげなくクッキーに布をかけ直して籠を回収する。

「というか、客いるのに乱入してくんなよ。休憩中の看板出しておいただろ？」

そして籠を机の端に寄せると、そう言ってベルクさんに非難の籠った目を向けた。至極もっともな意見である。

しかし叱られたベルクさんに堪えた様子はなく。

「レイスに仕事持ってきてやったんだよ。あとは噂のマリーちゃんに会いにな」

得意げに笑いながらそう言うと、私へウインクを一つ。次いで片膝ついて、座っている私と目線を合わせながら名乗ると、流れるように手を取りそのまま唇を寄せた。

「俺はベルク。艶やかなブルネットが美しい、噂以上に可愛らしいお嬢さんだ。マリーと呼んでも？」

「！」

「「ベルク！」」

手の甲に感じた感触に私がピシッと固まるのとほぼ同時に、アイザさんとレイスさんが立ち上がった。そしてレイスが私の手を取り返すや否や、アイザさんがベルクさんに詰め寄る。

「お前、納品表を盗み見しやがったな⁉」

「たまたま目に入ったんだよ」

悪びれない様子で答えたベルクさんにアイザさんが眦を吊り上げる一方で、レイスはどこからか取り出した布で私の手を拭っている。

「マリー。大丈夫か？」

「え、あ、うん。大丈夫」

私はというと、レイスにそう頷くのが精一杯だった。

手の甲にキスとか、本当にやる人いるんだ……。

衝撃である。漫画やアニメなどではたまに見るシーンだけど、まさか自分がそれを生で体験する日がくるなんて。しかも片膝ついてから唇を寄せるまでが、すごく自然だった。さすが自他共に認める女好きである。

驚き半分、感心半分にそう考えていた私は、そんな心の内がありありと顔に出ており周りから残念というか複雑そうな目を向けられているとは露知らず。

「照れたり引っ叩かれたりはよくあるが、感心されたのは初めてだぜ……」

「……こりゃ手強いわ」

もちろん、ベルクさんとアイザさんのそんな会話など少しも耳に入っていなかった。

なんかすごい人だったな……。

夕暮れ色の光が差し込む我が家の台所で、手に入れたばかりの泡立て器やボウル、フライパン、魔石コンロを準備しながら、私は昼間に出会ったレイスのお師匠様を思い出す。女好きで貢ぐのが生きがいなのだと、アイザさんやレイスが噂していた時点でなんとなく想像はしていたけれど、ベルクさんは流れるように美辞麗句を紡いでいた。その語彙力は豊富で、しかもめげない。冷たくあしらわれてもスルーされても女性を褒め続ける鋼のメンタルをお持ちで、よくもまぁここまでできるなと思ってしまったけど、かといって不快というわけでもなく。戸惑いはあるけど、どこか憎めない雰囲気の人だった。

たぶんベルクさんは、人との距離を測るのが上手いんだろう。

言動は軟派な感じだったけど、挨拶以降は一定の距離を空けておりパーソナルスペースを侵すことはなかったし、好きな食べ物など矢継ぎ早に質問してくるわりには、故郷の話など答えに詰まるとさりげなく話題を変えてくれる。

反応が大袈裟なのでわかり難いけど、年齢に見合った落ち着きというか余裕があったように思う。最初はレイスが師と仰いでも大丈夫なのだろうかという不安を感じたけど、話してみると不思議な魅力を持っていた。アイザさんやレイスもなんだかんだ言いながらベルクさんを気にかけているようだったし、慕っているのだろう。

——まぁ、女好きってところは否定できないけどね。

ベルクさんのお蔭で増えた食材や調味料を眺めながら、苦笑する。アイザさんのお店を出たあと、市場を眺めながら色々と話しているうちに沢山買ってもらってしまった。

まず、聞き上手なものだから話が弾む。

そうしてあの野菜はこう調理する、あの調味料はあの食材と合わせると美味しいと話している間にさりげなく購入していて、気が付いたらレイスに買った品を持たせ帰ってしまっていたのだ。普通に買い与えられても私は受け取らないと見越してそうしたのだろうが、購入から受け取らせるまでに無駄がなく、大変手馴れている。

今度会った時に、なにかお礼しなきゃ……。

ベルクさんのお蔭で泡立て器の値段を割り引いてもらったのに、そのお礼もまだ言えてないからね。

もちろん、ただ言い忘れたわけではない。一応、何度かお礼の言葉を口にしようとはしたんだけど、女性からの礼は受け取らないと決めているのか話を切り出そうとする度に話題を逸らされてしまい、結局言わせてもらえなかったのだ。以前レイスやアイザさんがお礼など必要ないと言っていたのは、ベルクさんの流儀というかそういった面を知っていたからなのだろう。

とはいえ、このままベルクさんに甘えっぱなしというのは気が引けるので、近いうちになにか作って持って行こうと思っている。

そう納得したところで、私はフライパンカステラの材料を揃えるため食材を整理してくれているレイスの元に向かう。

「どうした？」

「道具の準備が終わったから材料を取りにきたの。蜂蜜ある？」

「ああ」

なにか食べられると期待したのか、レイスの目が輝く。そしてすぐさま、両手サイズの瓶が手渡された。

「ありがとう」

ベルクさんが買ってくれた蜂蜜をレイスから受け取り、台所に戻る。次いで卵や牛乳など他の材料を揃えたら、腕をまくって調理開始だ。


フライパンカステラの材料は、小麦粉八十グラムにMサイズの卵を三個、蜂蜜百グラムに牛乳を三十グラム、塩一つまみとバターを少々。

まず生地ができたらすぐに焼き始められるよう、直径十八センチほどのフライパンにバターを塗り伸ばしておく。バターが少ないとカステラもどきがフライパンから外れなくなってしまうので、白い筋が残るくらい多めに塗って、魔石コンロの上に置いておく。

焼くための準備が終わったら、今度は生地作り。

まず、小麦粉を篩っておく。

次いで、常温の牛乳と蜂蜜、塩一つまみをボウルに入れて混ぜ合わせる。

ちなみに常温の牛乳と蜂蜜を使う一番の理由は、このあと泡立てた卵を加えるからである。蜂蜜や牛乳が冷えていると均一に混ざらないし、蜂蜜が硬い状態だと卵と合わせる際に混ぜる回数が多くなり、そうなると折角泡立てた卵が潰れてしまうからね。

合わせた牛乳と蜂蜜が綺麗に合わさり、トロトロ流れるくらいにゆるんでいることを確認したら、本日のメインとなる作業、卵の泡立てである。

ボウルに割り入れた全卵を泡立て器で軽くほぐしたら常温、大体二十五度くらいになっていることを確認し、ひたすら泡立てていく。

といっても今回作るのはスポンジケーキではなく、簡易版のカステラなので、共立てと呼ばれる全卵を湯煎で温めてから泡立てる、といった本格的な手法は必要ない。

白くモッタリした見た目となり、卵液の倍くらい嵩(かさ)が増えれば十分。

ということで、ただひたすらカシャカシャと泡立てる。


すると音に引かれたのか、レイスが側にやって来た。

「それがアイザに頼んでいたやつか？」

「そうよ」

バルーン型の泡立て器を興味深そうに覗き込んでいるレイスにおざなりな返事をしながら、手を動かし続ける。

泡立て器の動かし方は一文字で、グルグル円を描くような動作は疲れる上に効率が悪いので行わない。

さらに言えば、一文字を描く際にずっと力を入れていると長時間混ぜ続けることができないので、行きに力を入れて動かし帰りは力を抜く方法を私は好んで使っている。

これも慣れるまでは大変だったのよね……。

私が製菓技術を学ぶために門を叩いた学校では、基礎を学んでる間は卵や生クリームの泡立ては基本的に人力だった。様々な調理器具が発達している現代においてなぜと初めは思っていたけど、一通り学んでみるとその大切さがよくわかるもので、大量に作る時以外は基本的に手動で泡立てるようになってしまった。

だって、機械に頼るよりも自分の手の方が微調整し易いからね。

お菓子作りにおいて、メレンゲの泡立てやムースを作る際の生クリームを合わせるタイミングなど、丁度いい頃合いは体得するしかない。

判断基準は手に感じる重さの変化や、目に映る生地の艶など様々だが、適切な状態を覚えていなければ、どれほど高価な機械を使っても失敗するだけである。

実際、ハンドミキサーを使うとメレンゲなどの泡立ては楽チンだ。しかし作り慣れてないとあっという間に、泡立てすぎてしまうという欠点がある。

いつも生クリームが硬くボソボソしてしまったり、メレンゲが分離してしまう人は、まだ混ぜ足りないかなくらいで泡立て器に切り替えると失敗が減るだろう。

パシャパシャと音を立てていた卵液が沢山の空気を抱き込んで嵩を増していくにつれて黄色から白へと色を変える。その一方で液体が跳ねる音が徐々に小さくなり、やがてボウルと泡立て器がぶつかる音しか聞こえなくなった。

「……すごいな」

ボウルの中で起こった卵の変貌に、レイスが思わずといった様子でそう零す。

その声に私は手を止めて、泡立て器で白くモッタリした卵液をすくい、のの字を描いた。
一、二秒しかもたなかったけど、簡易カステラならこれで十分。卵の泡立ては完了である。
あとは残りの材料を合わせるだけ。

牛乳と蜂蜜と塩を合わせたボウルに泡立てた卵液を二すくい入れて混ぜたら、次は篩っておいた小麦粉を入れてダマがなくなるまで混ぜる。

緩いパンケーキ生地みたいな状態になったら、泡立てた卵液の中に円を何重にも描くようにして投入。一か所に流し入れると混ざりにくく、また泡が潰れてしまうので分散させるイメージで加える。

最後に木べらでサックリ混ぜ合わせたら、生地を作る工程は終了だ。

ちなみに『木べらでサックリ混ぜる』というのは、生地をグルグルかき混ぜたりせず、ボウルを少しずつ回して位置を変えながら底にある生地を上に掬(すく)い出すように混ぜていく感じ。

生地をフライパンに流し入れてトントン叩き、表面が平らになったら蓋をして、底に火が触れるか触れないかというくらいの弱火で三十分焼いたら完成である。

「焼くのか？」

「そう」

レイスの視線の先に注意しながら時間を計るため、時計を確認する。カステラもどきは白ご飯と一緒で、途中で蓋を開けるのは厳禁だからね。

ベルクさんのお蔭で蜂蜜をふんだんに使うことができたし、焼き上がりが楽しみだわ――。

カリカリに焼けた茶色い皮とふわふわしたひよこ色のスポンジは、私に優しい甘さと幸せな時間を提供してくれるに違いない。

魔石コンロの小さな火がチリチリと微かな音を奏でるのを聞きながら、蓋の下で少しずつ膨らんでいるだろうカステラに想いを馳せていると、目の端で栗毛が揺れる。

「マリーは、」

レイスの口から不意に漏れた声は、お菓子の完成を待っているというのにどこか悲しげな響きを含んでいて。

耳を打つその音に何事かと目を瞬かせながら顔を上げれば揺らめくアンバーの瞳があった。

「俺の知らないことを沢山知っているんだな」

レイスが零したその言葉は、私に問いかけているようであり、彼が抱いた感想を口にしただけのようでもあった。

しかし彼の瞳に不安や恐れ、それから微かな期待が浮かんでいる気がして。

踏み込んでいいか、と聞かれている気がした。


どこから来たのか。

どうやって生きてきたのか。

レイスが私に尋ねたことはない。

それは、私が失くした故郷や家族を想って悲しまないよう慮ってくれているからだと思う。

フェザーさんやカリーナさんやアイザさん、今日会ったばかりのベルクさんも同じ。皆、私に聞きたいことがありそうな様子を見せながらも、誰一人踏み込んでこない。

お蔭ですごく助かってる。

しかし、その反面すごく苦しい。

いっそのこと詰問してくれれば、観念して白状し楽になれる気もするけど、このままなにも聞かずにぬるま湯に浸らせてほしいとも思う。

——ここは、居心地がいいから。

短い付き合いだからと切り捨て、心を閉ざすことができなくなってきている。彼らについてもっと知りたいし、私のことを理解してほしいと思い始めてる。

でもすべてを打ち明けられるほど、彼らを信用できない。

だからこうして踏み込みたいのだと示されても、私は中途半端な答えしか出せなくて。

「オリュゾンとは違う、遠いところから来たからね」

フライパンに目を落とす振りをして視線から逃げた私を、レイスはどう思ったのだろうか。

「そうか」

返ってきた相槌は短すぎて、すべて私の気の所為でレイスはなんとも思っていないのか、拒絶されたと悲しんでいるのか、臆病だと思い呆れているのか判断できない。

レイスが今どんな顔をしているのか気になるけど……。

私は、もう一度アンバーの瞳を見上げる勇気を持てなかった。

No.11　ベルク視点

――王城の片隅にあるとある会議室。

十人がけの楕円の机の前に腰を下ろしているのは、近衛(このえ)騎士団の団長と部隊長が一人、植物学者のオッソ殿とその弟子に料理長や宰相、文官が二人、それから王太子殿下と彼付きの騎士が一人。

そんなそうそうたる顔ぶれの視線を一身に浴びながら、俺は机の前に立ち声をかけられるその時を待っていた。


「――それで、彼女はどうだった？　ベルク」

会議の最中、この国の王太子ルクト殿下が俺に問いかけたのは、最近弟子に取ったレイスの想い人であるマリーについてだ。

他の面々も彼女が気になるのか報告が始まるのを今か今かと待っており、俺は彼らに気が付かれないよう小さく息を吐いた。

揃いも揃って、なにやってんだか……。

ルクト殿下の祖父である前王には大恩がある。

故にとっくの昔に廃業した諜報(ちょうほう)の仕事に従事してみたわけだが、調査相手はこの辺りでは珍しいストレートのブルネットが美しいマリーという女性。

あどけなさの残る顔立ちをした彼女は、よく笑う普通の子だった。

「――結果から言うと白だな。記憶の改ざん等もなければ怪しげなつながりもない。殺気を送ったり首裏にナイフを当てても気がつかないし、腕や足も細い。あれは戦ったことなんてないだろう。生活は真っ当で、薄暗いうちから朝食食って、日の出と共に仕事を開始。鳥小屋のご夫妻と昼食取って午後は仕事の続き。終わったら真っ直ぐ敷地内にある小屋に帰って、夕飯食べたら就寝。休みの日は掃除や洗濯、あとは食材や生活必需品の調達。たまの贅沢として、レイスに手伝わせて菓子を作ったりしてる。年頃の娘とは思えないほど清らかな生活で、男としてまったく相手にされてないレイスが哀れになった。以上」

アイザの店に注文品を取りに来たマリーと無理やり対面し、その後一か月ほど観察した結果を述べれば、ルクト殿下の顔に笑みが浮かぶ。

一方、殿下付きの騎士ジャン・サルテーンの眉間には、これでもかというほど皺が寄っていた。

「――性格は？　長い時をルクト様の側で過ごすのだから、品行方正でなければならんぞ」

「控えめで良い子だったぞ。なにかと一緒にいるレイスはともかく、男に慣れてないのか話す時は常に一定の距離を空けてるし。礼儀正しい性格みたいで、ちょっと食材買ってやったら後日レイスと一緒に菓子を持って礼を言いに来た。元の風習が違うのか物知らずな部分はあるが聡明で、己の知識を相手にわかりやすいよう説明することもできる」

一緒に市場を歩いた時に聞いたマリー独特の調理法や食材の説明などを思い出しながらそう告げれば、料理長の目が輝く。アイザのところで食べたクッキーはすでに報告済みだし、礼として持ってきてくれたカステラも少し分けてやったので、期待が膨らんだのだろう。

「ベルク殿がそう仰るならば、問題ありませんな」

宰相の言葉に他の面々も頷いており、このままだとルクト殿下の要望通り彼女もレイスと共に食材採取に向かう彼らに同行することになりそうだ。

それはマリーが今の生活を抜け出す大きなきっかけになる。

しかしそれを彼女が望んでいるかは、微妙なところだ。


「なにか言いたそうだな。ベルク」

「国家の一大事を解消するための重大な任務に参加させるか否かを話し合っているのだ。不測の事態に見舞われないよう隠し立てせず、すべて報告しろ」

目敏い王太子殿下の言葉に、ジャンが喜々として乗ってくる。マリーと彼女への恋心に気が付いてもいない馬鹿弟子を想えば、この場で唯一彼女を参加させることに反対しているジャンには頑張ってもらいたいところなのだが……。

この情報は、ルクト殿下が喜ぶだけなんだよなぁ……。

彼女自身は人畜無害だ。それは何度も確かめたし、夜中に忍び込み剣を振り下ろした時でさえ、マリーは安らかな眠りについたままだった。戦う術など持たず、むしろ少し警戒が足りない気さえする。

そう。

マリーは無力で無防備すぎるのだ。

故郷を失い、着の身着のまま生き抜いてきた女性だとは思えぬほどに。

「ベルク。ジャンの言う通り、なにかあってからでは遅い」

祖父譲りの青い瞳が、俺を見据えてすべて話せと言っている。

零れそうになるため息を呑み込んで、俺はルクト殿下の命令どおり口を開いた。

「――彼女の手は多少荒れていたが、戦うことはおろか労働などしてこなかったのではと思うほど柔らかかった。あれは働き始めて半年も経ってないだろう」

俺の報告で場の雰囲気が変わる。

……こうなるのがわかっていたから言いたくなかったんだよ。

しかし元諜報員としての腕を見込んでの依頼であり、その依頼主が大恩あるあの方の孫とくれば、虚偽の申し立てをするわけにはいかない。

思い出すのは、監視されていることなど露知らず、お礼を言うためだけに俺の元へ足を運んだマリーの姿だ。

――ありがとうございました。

そう言ってお礼の品を入れた籠を差し出した彼女の所作は、美しかった。

「オリュゾンや大国で使われている共通語の読み書きはできないみたいだが、秤の扱い方を知っている。食事も彼女なりのルールに従い食べているようだし、挨拶やお礼の品を持ってきた時の所作を見るかぎり、どこかの礼儀作法に準じているように感じる。戦う術を持たない無力な女性だが、彼女が作ったクッキーやカステラという名の焼き菓子を見るかぎり完成された知識と技術を有しており、平民として育ったというには些か聡明すぎる。以上！　これで全部だ」

市場に並ぶ品々に眼を輝かせるマリーの姿が頭を過り、罪悪感がチクチクと胸を刺すが振り切るように声を張る。

マリー自身は人畜無害だが、彼女を見出した人間によっては平穏な生活は望めなくなるかもしれない。それが、今回俺が出した結論だった。

「――なにか彼女の身元を証明できるものは？」

ルクト殿下の瞳が煌きを増す。

今、彼の頭の中では彼女を王家に取り込むか、故郷を失った悲劇の令嬢として祭り上げるか、などと色々な考えが巡っているんだろう。これは、良くない傾向だ。

「なかった。移住者の記録を辿ってみたが、経由地点になった大国で途切れてる」

「チッ。大国は相変わらず雑な仕事をする」

俺の言葉にルクト殿下は舌打ちを零したが、やはりマリーへの興味を深めたようだった。

「まぁいい。その件は彼女の働きを見つつまた考えよう。とりあえず彼女自身に問題はないようだから、予定通り次回の――」

大国への不穏な感情を滲ませつつも、マリーの同行を決定するべく会議を再開したルクト殿下や渋い顔を浮かべるジャン、彼女を気にかける殿下の姿になにかを思案し始めた宰相や文官達を眺めながら、俺は嘘がバレなかったことに心の中で安堵の息を吐く。


レイスにもあの方にも顔向けできねぇなぁ……。

そっと目を伏せれば、様々な感情を知り人として成長中の可愛げない弟子と、人から奪うことしか知らなかった俺を拾い育ててくれた恩人の顔が浮かぶ。

恐らく、マリーは逃げられないだろう。

間違いなく、近いうちにルクト殿下と相見(まみ)えることになる。

富や権力が好きそうには見えなかったのでレイスにも頑張る余地があるが、ただでさえ口説きにくそうな女性だ。きっと彼女を手に入れるには苦労するだろう。レイスが恋を自覚する前に終わっていることがないよう、祈るばかりだ。

そしてもう一つ。

俺は、マリーが隠し持っていた小さな時計が、殿下達の目に触れないよう心から願う。

見つけた情報を隠すなど諜報員として失格だが、彼女の持っていたあの時計が明るみに出れば大変な騒ぎになるだろう。

あれほど小さく精密な作りの時計は大国でだって見たことがない。装飾品として使えるような作りになっていたし、競売にかけたら想像を絶する値が付くだろう。

故郷を失った彼女を守る者はもういない。

そんな中、あのような時計を作り出せる故郷の知識や技術をマリーが有していると判明したら、その後の生活がどうなるのかなど想像に難くない。あれだけ精巧な時計を所持していた事実があれば、嘘であれ誠であれ、彼女が高貴な身分だったと証明できる。

それはきっと、マリーにとって不幸せなことだ。

青空の下。

鳥達と自由に戯れる彼女は、とても幸せそうに笑っていたのだから。

前王陛下に拾われてから、二心なくルーチェ一族に尽くしてきた俺が初めて吐いた嘘。

その代償は高くつくかもしれない。

しかし彼女の笑みや馬鹿弟子を想えば、後悔はない。


――女性は愛でるもんだと俺に教えたあんたなら、許してくれるだろう？　前王陛下。


今は亡き主君へ心の中でそう問いかけながら、俺はルクト殿下達へと視線を戻す。

俺が持ってきた情報がマリーの参加を決定づけたのだから、彼らが彼女に無理難題を吹っ掛けたりしないか見張っておくくらいはしておかないとレイスやフェザー達に顔向けできない。

それに、今この場で彼女を庇ってやれるのは俺だけだ。

「マリーを同行させるから、女性騎士も何人か連れて行きたいな。見繕ってくれるかい」

「畏まりました」

「護衛だけでなく、マリーが道中に作った料理の記録や彼女の素性に繋がる情報収集も任務に含まれるからそのつもりで選出してほしい」

「では、なるべく歳が近く、人望がある者を選びましょう」

「そうだね。可能ならば料理の味も記録しておいてほしいから好き嫌いがなく、未知の食べ物に怯まない剛胆さもほしいな」

「……ご希望に沿えるよう精一杯取り組ませていただきます」

マリーが不参加である可能性など考えもせず進む会話。

その中に彼女の身を危険に晒すものがないか耳を澄ませつつ、俺は会議の行く末を見守ったのだった。

No.12　とろろご飯と自然薯団子入り鳥鍋

ぼんやりとした雲に覆われた空の下。

市街地の外れにある開けたその場所に、多くの馬と荷が積まれた幌馬車のようなものがいくつも並んでいた。

長期間の移動を想定して行われただろう大がかりな旅支度と、それに見合うだけ集められた人々はざっと五十人ほどだろうか。

剣を佩き騎士のように全身鎧を身に着けた人や魔法使いのような杖を片手にローブを着込んだ人、羊皮紙の束を抱えている学者風のお爺ちゃんなど、様々な職種の人間が馬車の間を忙しなく動き回っている。

そうして、慌ただしく行き交う人々を幌馬車の入り口の隙間から観察すること、しばし。

居並ぶ馬車の正面に立ち、動き回る部下達を監視するように鋭い眼差しを周囲に向けていた一際立派な鎧をまとった男の元に、騎士や魔法使いが駆け寄っていく。

「隊長。馬の準備は終わりました」

「荷の積み込みも終了しています」

「オッソ様の移動と資料の運び込みも完了したようです」

「それでは三十分後に出発する。総員指定の位置につけ！」

隊長と呼びかけられた壮年の騎士が高らかに出発時間を叫べば、報告に集まっていた部下達が「はっ！」と敬礼し、次いで今しがた告げられた命を実行すべく散る。

そのうちの一人が私の乗っている馬車の元に戻って来たのを見て、外の様子を覗くべく持ちあげていた幌をそっと下ろした。

これからこの集団はどれほどの資源があるか調査しに未開の山へ向かう。期間は移動も含め一か月ほどの予定だ。

またその間はこの馬車で寝泊まりすることになるため食料などの荷も乗車人数分積まれているそうなのだが、もともと余裕を持たせてあるのか内部は意外と広く、過ごしやすくなっている。その上、女の私を気遣ってか、馬を操る男性騎士二人とレイスのほか女性の騎士と魔法使いが一人ずつ乗っており、至れり尽くせりといった状況だった。

しかしその心遣いが、なんだか恐ろしい。

外の景色を眺めるのを止めた私は、フラフラとレイスの前を通り、馬車の奥へと進む。そうして座るよう指定された場所にストンと腰を下ろし、頭を抱えた。

――なんか思ってたのと全然違うんですけど⁉

私が離れた場所に腰を下ろしたことで、不思議そうに首を傾げているレイスや向かい側の座席に座っている女性騎士達の視線を無視して、心の中でそう叫ぶ。

護衛付きで食材採取ができると誘われたので参加してみたんだけど、想像以上に物々しいというか、どこからどうみても本格的な調査団である。

ちょっと食材を取りに、なんて気楽な気持ちで参加しちゃ絶対ダメなやつ。

思いもよらなかった状況にどうしてこうなったと自問しつつ、私はここに来ることになった経緯を振り返る。

今回の旅の責任者は以前レイスが師匠の代わりに受けた仕事の時に案内した貴族様らしく、前回の働きぶりが気に入られ再度指名されたと聞いている。

それ自体はまったく問題ない。

レイスは同業者の中でも優秀だと噂されているそうだし、前回の依頼を受けた時には仲良くアーモンド拾いをしたり、トマトを採取したりしたそうなので、良好な関係を築くことができたのだろう。大変良いことである。

そして責任者は貴族様だが、その依頼主は国から命を受けているという話は聞いていた。

というよりも、今回の調査は国からの依頼なので給金もよく、道中の食料も提供されるし、派遣された騎士が護衛してくださるので安心安全。その上もしもの時の保障まであると言われたから、私にも同行の誘いが来ていると聞いた時、悩んだけど頷いたのだ。

レイスもいるし、以前聞いた貴族様達の人柄を考えてみても危険はなさそうだと思ったからね。

しかし蓋を開けてみれば、である。

いや、この開拓調査が国からの依頼であることは聞かされていたし、護衛に騎士達も同行してくれるのは知っていた。
説明を受けた上で行くと言ったのは、私自身である。
レイスのお師匠様の代わりに説明してくれたアイザさんの言葉に、嘘は何一つない。
ないけれども。

――騙された。

思い出せば思い出すほど脳裏を過るのはそんな考えで。
私は別の馬車に乗っている雇い主の貴族様やレイスの師匠ベルクさん、今ここにいないアイザさんの顔を浮かべてギリッと歯噛みする。
嘘はないけれど、これほど本格的な調査団だとは聞かされてない。知っていたら絶対に参加しなかったのに。
私を連れて行こうと考えた人間もそう思ったから、情報を伏せたのかもしれない。
依頼主の貴族様か、
レイスのお師匠様か、
アイザさんか、
はたまた別の人間か。
誰が謀ったのかはわからない。
しかし気分が悪いのはたしかだ。

ちなみに容疑者の中にレイスが入っていないのは、居並ぶ馬車と人の多さに一緒に驚いていたからである。今回は多いな、で済ませたレイスに愕然としたし、仕事を請け負う前にもっと確認しなさいと注意したくなったけどね。

ただ、この世界の暮らしを考えれば、そういうものなのかなとも思う。レイスも驚いていた割には異を唱える素振りを見せないので、平民が王命の任務に参加するとなると細かい情報は降りてこないものなのかもしれない。王政と縁遠かった私には今一つ実感がわかないけど、この世界の人々にとって王命は絶対的なもののようだしね。

思い出すのは快く送り出してくれた、フェザーさんとカリーナさんの姿。

今回のお話を受けるならば鳥小屋は休まなくてはならなかったためフェザーさん達に確認してみたところ、未開の山に入るということで身の安全を心配されたけど、それだけだった。反対されることもなく、むしろ王命による仕事に参加するのは名誉なことだと言って喜んでくれたくらいだ。

現在オリュゾンを治めている王家ルーチェ一族は民の評判も良いそうで、私の今後を考えれば箔(はく)も付くしいいお話だとフェザーさんご夫妻が太鼓判を押してくれたのも、参加を決意した一因である。

ちなみに一番の理由は、見つけた食材を取って好きに調理をしていいと言われたことだった。

説明してくれたアイザさんによると、今回私はレイスやベルクさんのために誘われたようで。

二人は森や山を歩くことに慣れていても、訓練を受けた兵士ではない。一か月という短くはない旅路の間、騎士達と同じ野戦食では辛いだろうとの配慮で、彼等の食事を作るべく私は呼ばれたらしい。まぁ、同行する貴族様達も料理人を連れて来ているそうなので、こういった長期の仕事の場合に食事係を用意するのはよくあることなのだろう。

採取した食材は専門の方々が毒性検査などを行ってくれるそうなので、あやふやな知識で手を出したら危険だからと避けてきた茸（きのこ）なども安心して食べられる。

しかも未開の山にある資源調査が目的なので、ここで食材として認められれば、今後市場にも並ぶようになるそうだ。

そんなことを言われてしまっては、食の発展を願う私は行くしかないわけで。

これを機に市場に並ぶ食材の種類が増えて、食文化の発展が速まればいいと喜び勇んで参加表明してしまい、今に至る。

誰かの手によって大事な情報が隠されていた可能性もあるけど、こうして振り返ってみると食欲に負けて仕事の内容や規模を詳しく尋ね忘れていた私の自業自得かもしれない。

……そもそも、私を無理やり連れて行くメリットなんてないしね。

それこそレイスが長期の仕事を嫌がったから懐いている私を連れて行こうと思ったとか、ベルクさんが男ばかりの旅路を嫌がったから餌代わりに女性の割合を増やそうとしたとかならありそうだけど、一般人である私に期待することなどないだろう。トマトやアーモンドの話を聞いて貴族様が面白がったという可能性もあるけど、それならば実害はない。

思ってたのとはずいぶん違うけど……。

人間、諦めも肝心。

というかここまで来てしまった以上、もう後戻りはできない。

これだけ多くの人間が準備を整えて出発の時を待っているというのに、今さら異を唱えて「帰る」だなんて口が裂けても言えない。私は長いものには素直に巻かれる主義だもの。どう考えても私はこの場に似つかわしくないと思うけれども、女性騎士や魔法使いを付けてくれるくらいには気遣われているようなので、悪いようにはならないと信じよう。レイスやベルクさんもいるし、騎士や魔法使いもいるから安心安全に食材を採取して世に広めることができる。こんな好機はまたとない、はず。


とまぁ、腑に落ちない点はいくつかあるものの、なんとか現状に納得した私はゆっくりと顔を上げた。

私の正面に座っているのは赤みがかった茶色い髪をピシッと後ろで結い上げた女性騎士のフィオナさん。その左隣に座っているふわふわした栗毛の女性はアンナさんといって、魔法使いだそうだ。アンナさんはローブを着ているので見た目にはわからないけど、きっと服の下には引き締まったお体があるのだろう。

見たところ歳も私と近いので、この世界に来て初めて同世代の友人を作るチャンスである。

なぜ私がこのような場に呼ばれたのかなんていくら考えてもわからないし、ここは開き直ってこの旅路を楽しんだ方がいい。

そう決めた私は早速とばかりに、荷物の中から両手サイズの箱を取り出す。

箱の中身は、バルーン型の泡立て器を手に入れてから何度か作ったカステラ。常温で持ち運びできるので、軽食用に持ってきたのだ。

箱を開ければ糖分が焦げた甘い香りがほのかに広がり、レイスや女性陣の視線が集まる。

一晩置いたカステラだから焼きたてのカリッとした皮とスポンジの溶けるような舌ざわりはもうないけれど、代わりにしっとりふわふわした食感と小麦や卵や蜂蜜の味をしっかりと感じることができる。焼きたてじゃないと味わえない食感と温かいものを頬張る幸福感の威力は大きいけれど、素材の味を楽しむならば断然一晩寝かした方がいい。パウンドケーキなんかも一日か二日置いた方が、具材や香りづけに加えたお酒が馴染んで美味しかったりするしね。

箱に敷いた白い布に隙間なく並べたカステラの黄色が映えていい出来だと自画自賛しつつ、目の前に座るフィオナさん達に中身が見えるように差し出す。

「カステラっていう故郷のお菓子なんです。空腹だと酔ってしまう性質なので出発前につまんでおこうと思うのですが、よろしければフィオナさんとアンナさんもいかがですか？」

お近づきの印にと微笑めば、二人はチラリと顔を見合わせて意思を伝え合うとおもむろに手を伸ばした。職務中だからと断られるかと思いきや、そうでもないらしい。

「ありがたく、いただきます」

「お菓子をいただけるなんて嬉しいですー」

生真面目そうなフィオナさんとふわふわした雰囲気のアンナさんは、それぞれの性格がよくわかる反応でカステラを受け取ると、柔らかさに驚いたのか目を見張る。しかしその表情はすぐに楽しそうなものへと変わった。

世界が変わっても、新しいお菓子に心弾むのは同じみたいね。

「柔らかいな」

「初めての感触です」

「どうぞ、召し上がってください」

フニフニと指で挟みながらカステラを観察している二人には悪いけど、早く食べてもらえるように促す。フライパンで焼いているため厚みがなく乾燥しやすいし、なにより隣に座っているレイスの視線が痛いのだ。私がフィオナさん達に話しかけたので会話が終わるまで待っているようだが、物凄く熱い視線がカステラへ注がれている。

この前はカステラのお蔭で助かったんだけど……。

泡立て器を受け取り、カステラを披露したあの日。


――マリーは、俺の知らないことを沢山知っているんだな。


レイスが零したその言葉に私は動揺を隠せなかった。

問いかけられたのか、ただの感想だったのかも確かめることができなくて、勝手に気まずい空気を感じて口を開けずにいたんだけど、そんな重苦しい雰囲気は数十分と続かず。

生地が焼けて段々濃密になっていく甘い香りにソワソワしだしたレイスはいつも通りで、焼き上がったカステラをお皿に載せた感動はそれまで感じていた感傷を吹き飛ばすには十分で。カリ、フワッとしたカステラを食べ始めれば、あとはあっという間だった。

フライパン一枚分を瞬く間に消費した私達は、結局もう一枚製作してそれすらも食べきった。

そうして満足したのかレイスは普通に帰って行き、翌日からは元通り。

結局、あの時の言葉に意味などなく、私が深読みし過ぎただけなのではと思うほど、変わらぬ日常を過ごしていた。


「「――美味しい！」」


重なったフィオナさんとアンナさんの声にハッと我に返れば幸せそうな笑みがあり、ふっと肩の力が抜ける。

「お気に召したのなら、もう一枚どうぞ」

「「いただきます」」

またもや声が重なった二人は少し照れくさそうにしていたけれども、カステラを作った身としては嬉しいかぎりだ。取りやすいように箱を差し出し、二人が再びカステラを手にするのを見守ったあと、レイスを見やればアンバーの瞳が期待に輝く。

「上の段は全部取っていいよ」

「いいのか」

「多めに作ってきたからね」

レイスが気に入っていたから、という言葉はなんとなく飲み込んで箱を見せれば、喜々とした様子で大量のカステラを攫って行く。そして片手で器用に抱えると、レイスはためらいなく一枚目を口に入れた。フライパン二枚分を詰め込んできた箱はあっという間に軽くなってしまったけど、嬉しそうに食べてもらえるのは気分がよくて自ずと頬が緩む。

「仲がいいのだな」

「若いっていいですね～」

ふとフィオナさんとアンナさんの声が聞こえた気がして目を向ければ、二人とも食べ終えていたようなので三枚目を勧めてみれば、笑顔で受け取ってくれた。仲良くなれそうな雰囲気にホッと息を吐きつつ、私も一枚つまんで卵と蜂蜜の優しい甘さを味わう。

そして響く、鐘の音。

カランカランと軽快な音が聞こえたかと思えば、カチャカチャと金属が擦れる音と共に馬車が揺れ始め、ついに動き出す。

「出発したようですね」

「勇者様のお蔭でだいぶ快適になりましたけど、たまに大きく揺れるので舌を噛まないように気を付けてくださいね～」

フィオナさんとアンナさんの言葉に残りのカステラを慌てて飲み込んで、箱を片づける。

そうして私が座り直す頃にはレイスも食べ終わっており、速すぎでしょと思わず笑ってしまった。

「どうした？」

吹き出した私にレイスが不思議そうに尋ねる。

当たり前だけど、真っ直ぐ向けられるアンバーの瞳にあの日感じた翳りはなくて私はそっと胸を撫で下ろす。

「美味しいものがあるといいね」

「そうだな」

目を逸らすことなく告げれば、少し嬉しそうな感情を乗せてレイスが頷く。そんな彼の姿に、私はあの日から胸の内で燻っていた罪悪感にそっと蓋をした。

真実を打ち明けるか否か。

その答えはまだ見つからない。

山の中にはなにがあるのかしら――。

確かに感じる焦燥から目を背け、私はまだ見ぬ山の中にあるだろう食材達に想いを馳せたのだった。


――馬車に揺られること七日と少し。

生存競争に従い陽光を求めて四方に枝を伸ばした木々に囲まれた森の中。

落ちてくる木漏れ日に照らされた透明な湧き水はキラキラ輝き、流れる水の中を魚達が泳いでいる。大地に転がる岩は青々とした苔(こけ)に覆われ、沢山の草花が足元に生え揃い、草木の隙間を縫うように小さな動物達の影が走り抜けていく。

辿り着いた未開の山はそんな、息を呑むほど生命力が満ち溢れている場所だった。

色づき始めた葉が茂る中、レイスと私は一本の蔓（つる）を追っていた。

「蔓が切れないように気を付けてね？」

「ああ」

何度目になるかわからぬその台詞に律儀に答えてくれるレイスの背中を、ドキドキしながら追いかける。彼の手が伝う蔓には細長いハート型の葉が対についていた。

――まさか自然薯を見つけられるなんて！

高価な山の幸。しかし簡単に発見できる物ではなく、細い蔓を辿るのは玄人でなければ難しいと聞いていたので、あまり期待していなかったのだが、馬車を止めた野営地周辺を散策したらふと細長いハート型の葉が目に入った。

山にはオニドコロなど食べるのには適さないものがあり、自然薯と似ているため葉の形や色、蔓の巻き方、むかごの有無などで見分ける。

少し辿ってみたところ、時期ではないのかむかごは発見できなかった。しかし葉は対生、同じ場所から二枚対になって出ている。

オニドコロなどは互生といって、互い違いに葉が出るはずなので自然薯で間違いないだろう。

細長いハート型の葉で対生、食用できるむかごを付け、枯れる前に葉が黄色く色づくなど、知識として見分け方を知っているだけなので若干不安はあるものの、幸い毒性検査はしてもらえる。

ということでレイスに相談してみたところ、早速追ってみることになった。

細い蔓を千切ることなく、出所を追うレイスの足取りは迷いがなくとっても頼もしい。その上、後ろからはフィオナさんとアンナさんが追って来てくれているので安心である。

ちなみに、自然薯を採取するにはサイズによっては一～二メートルは掘らなければならないのだが、それは魔法でどうにかなるそうだ。なんて便利。

「――あったぞ。マリー」

「本当に⁉」

レイスの言葉にウキウキと近寄れば、彼の言う通り蔓の先が地面へ繋がっている箇所があり、自分の目が輝いたのがわかった。

「下に長く伸びているから、傷つけないように少し離れた場所から掘っていくそうなんだけどできる？」

蔓を手にしゃがみ込むレイスの側に腰を下ろし、蔓から五センチほど離れたところを示せば「わかった」と短くも心強い言葉が返ってくる。

それから間もなくして、蔓周辺の土がサラサラと動きだした。レイスが魔法を使っているらしい。まるで土が自然薯の蔓を避けるように動き、周囲に山を作っていく。五センチ、十センチとみるみるうちに穴が深くなっていき、吸収根と呼ばれる水分や養分を吸い上げる根っこが数本出てきた。しかし穴は止まることなく広がっていき、やがて見覚えのある薄茶色のイモが顔を覗かせたところで一旦止まると、レイスが顔を上げる。

「あれがジネンジョか？」

「そう！　もっと下まで続いてると思うんだけど大丈夫？」

「ああ」

自分が土を動かした場合を想像してレイスの身を心配したものの、軽く頷かれ穴掘りは再開された。

それから十数秒後。

すり鉢状に広がる穴からは流れるように土が逆流し、まるで袋から取り出しているような感覚で、一メートル近くある自然薯がスルリと土の中から取り出されてしまった。

なんてあっけない。

スコップ片手に山へ行く自然薯ハンターが見たら、泣いてしまいそうな光景である。

掘るのが大変な自然薯がこんなに簡単に……。

正直、開いた口がふさがらない。

こんなにあっさり手に入れてしまっていいのだろうか？

「あんなに頼りない蔓の先にこんなものがなっているのか」

「驚きですね～。あ、レイスさん。穴は私が埋めますよ」

「ありがとうございます」

いいらしい。誰一人疑問に思うことなく自然薯を眺め、アンナさんにいたっては瞬きの間に掘り出した土を元に戻してしまった。

……カルチャーショックって、こういうことを言うのね。

今、物凄く、ここが異世界なのだと実感した。

「どうした？　マリー。もしかして違ったのか？」

一言もしゃべらない私に心配になったのか、そう尋ねてきたレイスに首を振る。

あまりにも簡単に手に入ってしまったので驚いたが、別に悪いことではないし、望みの物が手に入ったんだもの。お礼を言わなくちゃね。

「――ううん。立派な自然薯だったから驚いただけ。掘ってくれてありがとう」

「そうなのか？　小さいが」

動揺を誤魔化すべく口にした台詞を聞いて首を傾げたレイスに、私は一瞬考え込む。

しかしすぐに己の過ちに気が付いた。

数か月前まで動植物は魔王の影響によって、もっと大きかったと聞く。

ならばあの自然薯を『立派』と称するのはおかしい。

フェザーさんが用意してくれるお米は鮮度にこだわっているから朝採り、レイスが持ってきてくれる食材だってその日採取したものだ。輸入品の中には保存されていた野菜などもあるそうだが輸送費分お高いのでその手の店に足を運んだことはなく、小麦粉はすでに加工された状態で売っているので実物を見たことがない。鳥小屋で飼育している鶏も鶉も見知った姿だったからすっかり忘れてた。

「……形がね」

異世界事情を思い出し咄嗟（とっさ）にそう答えれば、レイスは得心がいったように頷いてくれた。

「なるほど。ジネンジョはこういう形だといいのか」

「岩が多いところとか環境が悪いと、曲がりくねって育つの」

嘘は言っていない。自然薯は真っ直ぐなものほど高値で取引されているからね。

あまり深く突っ込まれたくない私は先ほどまでとは違う別種のドキドキを感じながらレイスを見やる。どうにかして話を変えないと。

「そのまま食べてもいいし、すりおろして汁物に入れたり、出汁で伸ばしてご飯にかけると美味しいの」

レイス達の気を逸らすため自然薯を使った料理を並べてみれば、三人は私から視線を外した。どうやら上手くいったようだ。

「汁物とご飯……」

「すりおろす?」

「どんな感じになるんでしょうね～?」

想像できなかったのか自然薯をしげしげと眺める三人は、新しい食材の外見よりも味に興味が移ったようで一安心。しかしあまり色々話しているとまたボロが出そうなので、私はレイスの意識を夕食に向かわせるべく、そっと告げる。

「食べてみればわかるわ」

「ああ。なら戻ろう」

私の言葉に空を仰いで日の位置を確認したレイスは、思った通り野営地へ戻ることを提案してくれたので、遠慮なく乗らせてもらったのだった。

軽く洗った自然薯を布で拭いて水気を取ったら、魔石コンロに火をつけて表面の細かいひげを炙り、濡れ布巾で拭き取ったら自然薯の下準備は完成。

あとはすりおろすだけである。

「そうやって下処理するんですね……」

「ええ」

「皮は剥かなくていいんですか？」

「薄いので剥きません。一緒にすりおろしたらわからなくなりますよ」

「へぇー」

質問を重ねつつ自然薯の下処理を観察し、感心した声を出したのはマルクさん。明るい茶髪を短く切り揃えたマルクさんは貴族様達が連れてきた料理人の一人で、新しい食材を持ち帰った私達に興味を示したのか側に寄ってきたのだ。

「おろすってことは、これの出番？」

「はい。ありがとうございます」

貴族様に仕えるような料理人に見られていると思うと大変緊張するけど、こうして絶妙なタイミングで道具を差し出してくれるので料理自体はやりやすい。受け取ったすり鉢もどきを濡れ布巾の上に置き、ショリショリと円を描くようにすりおろしていけば、マルクさんからまたもや感嘆の声が漏れた。

「……なるほど。乳鉢と乳棒で押し潰してすっていくよりも、溝がある方が速いな」

ちなみにマルクさんが目を輝かせて見詰めているこのすり鉢もどきは、おろし器が見つからずウロウロしていた私に気が付いたベルクさんが、どこかから持ってきた大きめの乳鉢に魔法で溝を掘って作ってくれたものである。

製作時間は数分。魔法って本当に凄いよね。

「もっと滑らかな食感にしたい場合は、ここからさらに木の棒とかですり混ぜるんです。自然薯だけでなくて、野菜をスープにしたり、魚をすって丸めたのをシチューの具材とかに使ったりしてました」

「そりゃ、貴族達が好みそう……ベルクさん！　俺にも同じのをお願いします」

すり鉢を使う料理を試したくなったのか、乳鉢を持ってレイスと共に鍋を見張っているベルクさんの元に向かう。しかし、男性に対するベルクさんの態度はわかりやすく。

「ああ？　男のために働くなんざごめんだ。その辺の魔法使い捕まえてやってもらえ」

「えぇ」

速攻で断られたマルクさんに、フィオナさんやアンナさんそれから金髪の麗人がクスクスと上品な笑みを零す。

「ベルクは男が相手だといざという時しか助けてくれないから諦めるんだな。それよりも、マリーさんの料理を見てなくていいのかい？」

「！　そうでした。ご指摘ありがとうございます。ルクト様」

金髪の麗人の指摘にハッと目を見開いたマルクさんは、ピシッと腰を折ると乳鉢を持って戻ってくる。

そんなマルクさんの態度から見てわかるように、あの金髪の麗人が今回の調査団の責任者であるルクト様だそうで、フラッとやってきた彼はなぜか蒸らし中のご飯と醤油ベースの鳥鍋を見張っているレイスの隣に、さも当然といった様子で腰を下ろしていた。

……もしかしなくても食べていく感じだよね、あれ。

すり鉢を提供してくれたベルクさんも食べる気満々で居座っているし、マルクさんもここまで手伝っておきながら味見もせずに帰るなんてことはないだろう。

足りるかしら……。

そんな不安が胸を占める。

留守の間に食材が腐ると困るので、現在レイスのマジックバッグの中には私の全財産とも言える食料や調味料が入っている。お米も沢山持ってきたので一応ご飯は多めに炊いたし鳥鍋も大きな鍋で作ってあるけど、レイスの食べっぷりを考えると心もとない。

かといってもう一品作るには時間が足りない。

だってご飯がもう蒸らし終わってしまうんだもの。

どうせなら熱々のご飯にとろろをかけて食べたいのに、これからもう一品、なんてしていたら冷めてしまう。

……ルクト様、帰ってくれたりしないかな。

大変失礼だが、心からそう思う。

だってルクト様がお帰りになれば、マルクさんやベルクさんも一緒に戻るかもしれないし。ベルクさんは無理でも、せめてルクト様とマルクさんは帰ってくれないだろうか。そしたらお腹いっぱい食べられるのにと思っても、この一団でもっとも偉いルクト様に文句など言えず……。

物悲しい気分のまま、私はおろし終わった自然薯を二つの入れ物に分けた。

片方は水を加えて程よい濃さに伸ばし、自然薯を取った帰り道で見つけた紫蘇(しそ)を刻み入れて、醤油で味を調える。本当はカツオか昆布の出汁で伸ばしたいところだけど、いまだ出会えていないので仕方ない。コクの足りなさは紫蘇の香りで誤魔化しておく。

これでご飯にかけるとろろは出来上がりなので、私は手を加えていないすりおろした自然薯を持って鳥鍋の元に向かう。

「できたのか？」

「ご飯にかける方はね。あとはこっちを仕上げて終わり」

目を輝かせたレイスにもう少しだと告げて、鳥鍋を開ける。

蓋を外した途端、ふわっと香る醤油の香りに荒(すさ)んでいた心が少しだけ癒された。

中身は山に至る道中で見つけた茸とフェザーさんから買い取った鳥肉と持ってきたリーキという西洋ネギ。油をひいた鍋にリーキを並べて弱火で熱し、しっかり焦げ目を付けたあと鳥肉を炒め、水と茸を加えて灰汁(あく)を取りつつ煮込んである。鳥肉はもも肉と手羽元を贅沢に使ってあるのでいい出汁が出ており、醤油で調えたスープはなかなかの味に仕上がった。

魔石コンロの火力を上げて煮立たせた鍋に、すりたての自然薯をスプーンで掬って入れていく。

「はっ⁉」

鍋の中にポチャンと投入された自然薯に誰かが声を上げていたが、構うことなく一口大に掬った自然薯を投入し、もう一度沸騰するのを待ってから蓋をして火を消す。

三十秒ほど蒸らして蓋を開ければ、鍋の中に白く美味しそうな自然薯団子が浮かんでいた。

口に含んだら、ネギの甘みや茸のうま味、鳥の脂と出汁が滲み出た醤油ベースの汁がふっくらもちっとした自然薯団子と絡んでさぞかし美味しいと思われる。

——早く食べないと。

湧き上がる使命感と共にキューーと鳴くお腹の虫。

そうだよね。

これは出来立て熱々を食べるべきだよね。

早くしろと急かすお腹の虫に素直に従い、お椀に手を伸ばそうとしたその時だった。


「お、お前！　そんなわけわからんものをルクト様にお出しする気か⁉」


突然聞こえてきた罵声。

何事かと顔を上げれば、神経質そうな顔を赤く染めてグレーの瞳をこれでもかというほど吊り上げた騎士が私をビシッと指差していた。

無論、私の心境は『なにこの人』である。

「……もう来てしまったのか」

ぼそりとなにかを呟いたルクト様はため息を吐いて立ちあがると、私に残念そうな顔を向ける。

「部下が失礼しました。残念ですが迎えが来てしまったようなので戻ります」

「そう、ですか……」

別に全然かまいませんが、という本心は飲み込んで頷けば、もう一度ルクト様の口からすみませんと謝罪の言葉が零れ、ジャンと呼ばれた男が声を荒げた。

「ルクト様！　貴方が」

「はいはい。戻るからちょっと黙ってくれ、ジャン。マルクも帰るぞ」

「………畏まりました」

なにやら怒っている騎士の口を塞いだルクト様に声をかけられたマルクさんは大変名残惜しそうな視線を鳥鍋へ送りながら、しぶしぶ頷く。

「同僚が大変失礼しました。ルクト様には婚約者がいないので、あれは主に近づく市井の女性に過敏なんです。よくよく言い聞かせておくんで、また料理について聞かせてくださいね！」

「はぁ」

必ず、と念を押してマルクさんもルクト様とジャンを追って走り去る。

嵐のような展開に、一体なんだったんだという思いが胸に広がった。正直、訳がわからない。

しかし、まぁ……。

「冷めちゃうから食べましょう。レイスはご飯よそってくれる？」

「ああ」

鳥鍋から昇る湯気が弱々しくなってきているので、冷めてしまう前に食べなければと思いレイスに手伝いを頼めば、彼は喜々としてご飯をよそう。その姿を横目で確認しながら私も鳥鍋を分けるべく改めてお椀に手を伸ばしたのだった。

「ジャンのいちゃもんはともかく、ルクト殿下の婚約者の話をサラッと聞き流すとは……。さすがマリーだ」

「マリー殿はルクト殿下に興味がないのだな」

「むしろ迷惑そうでしたねー」

鳥や自然薯団子を分けながら、二人減ってよかったなどと考えていた私は、ベルクさんとフィオナさんとアンナさんのそんな会話などまったく耳に入っておらず。

オリュゾンの王太子殿下の名はルクト・ノーチェだと私が思い出すことができたのは、もう少し先のことであった。

No.13　豚の生姜焼き

――町を出発してから十日目。

自然薯の発見などがあった最初の野営地周辺を調べ終えた私達は、再び馬車に揺られていた。

今度の目的地は山の反対側だそうで、一通り調査したら行きとは違うルートを辿って、王城のある町へ戻る予定らしい。


茸や自然薯、紫蘇、すり鉢で作れる料理の話の代わりにマルクさんが黒胡椒と生姜を分けてくれたんだよね。ラッキーだったなぁ。鳥とリーキで照り焼きとか生姜焼き、茸の生姜炒めとか自然薯の紫蘇巻、茸ご飯とかもありよね……。

新しく発見された食材やマルクさんにレシピと交換してもらったものを思い浮かべ、これから食べられるだろう料理を脳裏に描く。食材だけなく、黒胡椒や生姜など見かけても高くて手が出せなかったものが手に入ったのは幸運だった。

ベルクさんやフィオナさんやアンナさんの三人だけではあるが、レイス以外に初めて振る舞った白米も意外と好評だったし、あの日食べ損ねたマルクさんも興味があるみたいだった。

お米が陽の目を見る日が、もうすぐ来るかもしれない――。

「――大丈夫か？　マリー」

近くから聞こえてきたレイスの声に遠くに飛ばしていた意識を戻し、コクコクと頷く。

声を出すことはできなかった。

なぜならば、口を開いたら舌を噛みそうなほど馬車が揺れているからである。

「――道が狭くなっているから、慎重に進め！」

「「はっ」」

ガタガタ跳ねる車輪の音に交じって、緊張を帯びた騎士達の声が耳を打つ。

馬車が崖沿いの道に入ってから、早一時間。

徐々に揺れが激しくなる車体への不安から逃れるように食べ物に想いを馳せていたわけだが、正直辛い。お尻は痛いし、話して気を紛らわせたり、のどを潤して一息つくこともできない。騎士達の会話を聞くかぎり、かなりギリギリのところを走っているようなので、幌が張られた馬車の中からでは外の景色を見ることができないのが不幸中の幸いと言えよう。

――早く終わってほしい。

私はその一心で一刻も早く悪路を抜けてくれるよう祈り続けていた。

ガッタガッタ跳ねる馬車に痛めつけられること数時間。

山の中腹辺りにある崖沿いの道を走り反対側へ回った私達は、広く拓けた場所でつかの間の休憩を楽しんでいた。

「無事に到着してよかったですね～」

「この山を本格的に開拓するなら道の整備が必要だな」

天に向かって腕を伸ばして体をほぐすアンナさんと、今しがた通ってきた細い道に目をやりながら考え込むフィオナさんはさすが城勤めの兵士様というべきか。さほど堪えた様子もなくゴロゴロと拳大の岩が転がる道を前に、今後の対策を練っている。

一方の私はというと、程よい大きさの石に腰かけ息も絶え絶えといった状態であった。

――どれほど高級な食材で釣られても、絶対もう参加しない！

馬車や乗馬は慣れてないと辛いっていうけど、本当だった。

町から山までの道はそこそこ整備されていたからまだ我慢できたけど、山道の弾み方は桁違いである。勇者様の知識と魔法の効果で馬車の車体が頑丈なもんだから、半ば無理やり山越えを果たしたけど、絶対徒歩の方がましだったと思う。

「飲めるか？」

「……ありがとう」

飲みやすいようコップに水を入れて出してくれたレイスにお礼を言って受け取る。口をつければ冷たい水が喉を通り、体に染み渡っていくのが感じられて気持ちよかった。

――いい天気。

肌を撫でる爽やかな空気にコップを置いて立ち上がれば、視界一杯に鮮やかな色が広がる。

雲一つない青空と眼下に広がる色づき始めた木々。山々の間にはオレンジ色の屋根が並び、家々を見守るように城が建っている。そして遥か先には、陽光を受けて輝く海があった。

山間を吹き抜ける風は少し冷たいけれど、緊張と不安で火照った体には丁度いい。

「あの辺りが俺やベルクがいつも行く森だ」

「なら、フェザーさんの鳥小屋はあの辺り？」

「ああ」

こうしてみると、オリュゾンは手つかずの自然の方が多く、綺麗な国だった。人や住処が減って行き場を失くした動物達が溢れる現代の日本よりもずっと。

昔は日本もこんな感じだったのかな……。

少し歩けば茸や自然薯、川魚など山の幸が沢山あり、生命の息吹を実感できたここ数日間を思い出す。資源豊かなオリュゾンは、これから大きく発展していくのだろう。

願わくは、この大いなる自然と共存できる国であってほしい。

だいぶ緑が減ってしまった日本を思い出しながらそんなことを考えていた、その時だった。

伏せた目線の先にあったコップの水が、揺らぐ。

「……レイス」

「どうした？」

「なんか、揺れてない？」

波打つ水を指差しそう告げた一拍後、普段のレイスからは想像できないほど大きな声が彼の口から飛び出す。

「崖から離れろ！」

吠えるような叫びに驚いた馬達が嘶き、崖下を観察していた騎士達が一斉に飛び退く。

次の瞬間、登ってきた崖道が崩落した。

大きな揺れと共にガラガラと響く崩壊の音。

通ってきた崖道が崩れ、入りきらずに残されていた馬車が割れた地面の下へ吸い込まれるように消えて行く。

スローモーションのように見えたその光景は、数秒の間の出来事だった。

先程まで多くの兵達が集まっていた崖沿いが大きく抉れ、沢山の物資を積んでいた馬車は数台しか残っていない。

その惨状に誰しもが口を噤み、痛いほどの静寂が辺りを包む。

「────被害報告っ！」

凍りついた空気を切り裂くように声を響かせたのは金髪の麗人、ルクト様だった。

威風堂々と放たれた命令に、固まっていた人々が一斉に動き出す。


「一、二班、全員無事です」

「三、四、五班も異常ありません」

「無事な馬車は十台中三台！　至急奥に引き上げ、物資の確認をいたします」

「六班、客人含め全員無事です」

「七班異常ありません。また馬二十五頭も無事ですが、興奮状態です」

「八、九、十班。異常ありません。八班は馬車の確保、十班は馬を宥めろ」


「「「「はっ！」」」」


報告が次々と上がる中、最後に隊長が指示を出せば、敬礼ののち騎士や魔法使いが散っていく。

「マリー殿、レイス殿！」

「お怪我(けが)はありませんか？」

慌ただしく動き出した人々に交じって、アンナさんとフィオナさんが私達の元に駆け寄ってくる。崖スレスレにいたというのに、二人とも無傷なようだ。良かった。

「問題ない」

大丈夫だと答えようとした瞬間、頭のすぐ上から聞こえてきたレイスの声にピシッと固まる。それと同時に急に感じ出した身を包む体温にそろそろと目を動かせば、見覚えのある腕がしっかり肩に回されていた。

「お二人がご一緒でなによりでした」

「お怪我なくてよかったですー」

安堵の息を吐くフィオナさん達には悪いが、今ちょっとそれどころではない。崩落時の揺れに備えて支えてくれたのはわかるんだけど、この体勢はどうしたらいいの⁉

初対面で腕を捻り上げられた時以来の近さに、若干混乱しているとアンバーの瞳と目が合った。

「立てるか？」

「だ、大丈夫デス」

コクコクコクと頷けば様子を見るようにそっと腕が緩み、少しして側にあった熱が完全に離れる。

――た、助かった。

想定外の近さに動揺した心を落ち着かせるべく、深呼吸。初対面の時よりもずっとがっしりしてたとか、思っちゃったのは気の所為だろう。

「マリー！　レイス！」

吹き抜ける風の冷たさに浸り頬を冷ましてると耳を打った呼び声。一体どこからとレイスと共に周囲を窺えば、騎士の銀と魔法使いの黒に紛れてベルクさんが手を振っていた。その側にはマルクさんもおり、頬が緩む。報告では皆無事だって言っていたけど、こうして元気そうな姿を見るとホッとする。

「怪我はないかマリー？」

「はい」

側に来て開口一番が女性の安否確認である辺りぶれないなと思っていると、ベルクさんの大きな手がレイスの頭を掴む。

「――お手柄だ。よくわかったな」

「やめろ」

かき混ぜるように頭を撫でる手をレイスがすぐさま払うが、ベルクさんは気にせずもう一度手を伸ばす。お蔭でレイスの栗毛はすっかりぐしゃぐしゃになってしまった。

「っ！　先に気が付いたのはマリーだ」

子供のような扱いが嫌だったのか、ベシッと手を叩き落として距離を空けたレイスが放った言葉によって、ベルクさんやマルクさん、フィオナさん達の視線が私に集まる。

物凄く感心した目をしているがそれは誤解だ。

「水が揺れてると言っただけです。崖崩れを予見したのはレイスですよ」

勘違いされては困るので私はたいしたことしてませんと主張してみたけど、あまり効果はなかったようで。

私とレイスはその後しばらく、四人からお褒めの言葉を頂戴し続けたのだった。

●

崖スレスレに残っていた三台の馬車を安全な場所まで引き上げ、怯え混乱していた馬を宥め終えた騎士達は、一糸乱れぬ態勢で整列すると真剣な眼差しで正面に立つ人を見詰める。

そんな彼等の視線の先にいるのはルクト様だ。

「一つとして命を散らさずに済んだのは不幸中の幸いでした。しかし大量の物資を失ってしまった以上、調査任務は中止。これより我々一同は帰還を第一に王都を目指します。異議のある者は？」

水を打ったような静けさを保ち続ける騎士達を見渡し、満足気に頷いた彼は視線一つで控えていた隊長を呼び寄せると、場所を譲る。

「二台の馬車にルクト殿下やオッソ様、それからマルク殿や調査協力者の方々にお乗りいただき、護衛役が引き続き同乗。我々は、残り一台と馬達に乗って下山する。皆も承知のとおり町までの間全員分の食事を用意できるほどの食料はなく、食材の調達は必須だ。故に本日は速やかに下山し、食料の確保を優先する。以上。解散！」

「「「「はっ！」」」」

日頃の訓練の賜物か、隊長が下した命に従い散っていく騎士達の姿は出発時となんら変わりなく、落ち着き払った姿は守られる立場である私に多大なる安心感を与えてくれた。

くれたのだが、隊長の言葉によって決して知りたくなかった事実を察してしまい、頬が引きつる。

ルクト、殿下？

え、ちょ、まさかあの人ってオリュゾンの王太子殿下？

今『殿下』って言ったよね？

耳に引っかかった単語に、オリュゾンに来たばかりの頃に集めた情報が脳裏を駆けめぐる。

ルクト・ノーチェ王太子殿下。

御年二十五歳で、明るい金髪と海のように深いブルーの瞳をお持ちの見目麗しい方で現在独身、婚約者もなし。

市場で働くお姉様方が宝くじの当選を願うような表情で『お会いしてみたいわ』と口にしつつ、そう教えてくれた。

隊長の後ろで皆を見守っている金髪の麗人へそろそろと視線をやれば、運悪くバチッとブルーの瞳と視線がぶつかり、安心させるようなふわりとお優しい笑みをいただいてしまった。

そんな好意的なルクト殿下の反応と比例するように、騎士ジャンの眼差しは厳しさを増していく。

——ルクト様には婚約者がいないので、あれは主に近づく市井の女性に過敏なんです。

今更だけどマルクさんの台詞がエコーのように脳内で響く。独身で婚約者もいない王太子殿下に、一般女性がフラフラ近寄ったらそりゃ困るよね。納得した。

辺りを見渡してみても誰も驚いていないので、レイスやベルクさんも知っていたのだろう。

開発途上国であるオリュゾンにある町は、王城を抱えた一つだけ。それも国として独立したばかりならば、自分達の代表となる王家の方々のことはわかっていて当然なのだろう。市場で働くお姉様方だって、当然のように存じ上げていたもの。この場合、王族への関心が薄い私が悪い。

しかしできれば、参加する前に教えてほしかった。

そしたらなにがなんでも来なかったと思う反面、レイスのついでとはいえ王太子殿下からご指名があったと言われていたら、断れなかっただろうなとも思う。

どちらにしろ、私は同行する運命だったのかもしれない。

――ありえないだろうけど、一緒の馬車にはなりませんように。

心の中で打ちひしがれつつ私は、フィオナさんとアンナさんが迎えに来てくれるまで真剣にそう祈り続けた。


そんな私の必死の祈りが通じたのか私達が殿下と同じ馬車に乗ることはなく、同乗することになったのはベルクさんとマルクさんだった。

「――事前に通る道の調査はしてあるっていっても、荷を積んだ馬車が何台も連なって走った場合はどうなるかまでは調べらんねぇからな。ルクト殿下からすれば死人や怪我人が出なかっただけ恩の字だろう。被害が多ければ今後開拓の人手が集まらなくなる」

「ええ。ただこの山は崖沿いとはいえ馬車が通れる道があり、開拓が容易だと判断されて調査開始となったんで、再会議でしょうけど」

「だろうな。まぁそれでルクト殿下が苛立ってるだろうから、こっちに逃げて来たんだけどな」

「俺もです。あっちの馬車絶対空気が死んでますよ」

麓を目指し進む道中に特筆するようなことはなく、ベルクさんとマルクさんの雑談に耳を傾けているうちに時間は過ぎて行った。


そして再び馬車で揺られること数時間。

目的地に辿り着いたのか馬車はゆっくりと減速していき、やがて完全に止まった。

「馬車を囲うように野営の準備を行う。各班野営の準備と食材調達に分かれて――」

どうやら野営地点に到着したらしく、騎士達に指示を出す声が響く。

幌の隙間から差し込む光は白いし、お腹の空き具合からいって時刻は三時くらい。まだ食材を探す時間は十分にありそうだ。

「一応俺らの分の食料はあるようだが、食材は多いに越したことないよな」

外の様子を覗きながら問いかけたベルクさんに、マルクさんも同意する。

「そうですね。個人的に持ってきた食料もありますが、騎士達の分を考えると心もとないんで」

「なら俺達も出るぞ。レイス準備しろ」

「ああ」

師匠の言葉に腰を上げたレイスに私はどうすべきなのかとフィオナさんやアンナさんを見上げれば、二人は指示を仰ぐようにベルクさんへ目をやった。どうやらこの馬車の第一指揮権はベルクさんが持っているらしい。

「あー、そうだな。食材に詳しいから来てくれた方が助かるが、無理はしないでくれ。一応マリーの参加は一般人も入れると証明するためでもあるそうだから、体調崩したり怪我される方が困る」

「では、フィオナさん達と野営地が見える範囲を歩いてみます」

初めて明かされた私の参加理由に納得しつつ、そう答える。

「そうしてくれると助かる。マリーは任せたぞ」

「はっ！」

「お任せください～」

色々と腑に落ちた私は、フィオナさんとアンナさんが敬礼するのをぼんやりと眺めていた。

普段から訓練してる騎士達や山歩きとかを職業にしてるベルクさんやレイスが安全だと言っても、一般人には不安が残る。その点、私くらいの女が入っても大丈夫だと説明される方が、人手を募る時に集めやすいのだろう。フィオナさん達を付けてくれたりと、待遇がよかったのもそのためだ。

騎士達の対応が酷かったなんて噂が立ったら、王太子殿下達にとって都合が悪いからね。

この状況でなにもしないのは心苦しいが、私の役割を思えば無理をする方が迷惑をかけるのだと理解できる程度には歳を重ねている。無謀なことはしまい。

そんなことを考えながら私はどこか不安そうにしているレイスを安心させるため、笑いかける。

「ちゃんと大人しくしてるわ」

だから大丈夫だと告げれば、レイスから「そうしてくれ」と安心したような声が零れた。

先程からチラチラこちらを見ているから心配してくれているのかなと思って声をかけてみたけど、正解だったみたい。

「レイスこそ気を付けてね」

「ああ」

「いってらっしゃい」

身軽な動作で馬車を降りたレイスは、最後にかけたその言葉に足を止めた。そしてじっとこちらを見上げると、どこか嬉しそうな雰囲気で頷き、ベルクさん達の元へ走っていく。

その背は出会った時よりも大きくて、しっかりした足取りだった。

だから、大丈夫。

心配はいらない。

自然薯の回収の時に見た背中や崩落の時に支えてくれた腕など思い出しながらそう己に言い聞かせて顔を上げれば、微笑んだフィオナさんからスッと手を差し出される。

「私達も行きましょうか」

「はい」

「そうですね～」

そうして伸ばされた手を取り馬車を降りた私は、周辺に食料がないか調べるべくフィオナさん達と一緒に歩き出したのだった。


しかし悪いことは続くもので。


太陽が沈み、野営の火が辺りを照らす中、隊長や騎士達の硬い声が聞こえてくる。

「――食料となるものがない？」

「ええ。山を越える前に採取したような植物はなく、水質に問題がないにも拘わらず川魚がほとんどいませんでした」

「動物を探しましたが、この辺りに住処を作った形跡がありません。足跡なども見当たりませんでした」

私は夜目が利かないので、騎士達の報告を聞いた隊長の表情を見ることはできない。しかし緊張を孕んだ皆の声と空気が、良くない事態であることをひしひしと感じさせる。

茸や山菜どころか小動物もいなかったもんね……。

生命の息吹を感じた山の向こう側とは状況が一転。野営地の周辺を歩き回ってみると、木は生い茂っているけれど足元に草花はなく、走り去る動物の影は一つもなかった。

私達よりも遠くに足を運んだだろう騎士達もほとんど手ぶらで戻ってきたので、状況は絶望的だ。

皆反対側で見たような豊富な食材を想定していたので、野営地の空気は大変重苦しくなっている。

騎士達の報告を聞いていた隊長の一人が不穏な空気に微かに顔を歪めつつ、会話を見守っていた老人の元へ向かい跪いた。

「………オッソ様。同じ山なのに、反対側に来た途端なにもないなんてことは起こりうるのでしょうか？」

「日当たりや土壌が違えば当然起こりうる。しかし土や水に変わりなく、樹木の種類から考えるに同様の生態系が築かれていたはずじゃ。それがこうもなにもないとなると、なんらかの種が群れを形成しており、食用できる植物はすでに食べつくされていると考えるのが妥当じゃろうな」

植物学者であるオッソ様が告げた考察に、隊長が絞り出すような声で答える。

「左様ですか」

反対側には豊富な食材があったため、皆楽観視していた。もちろん私も。

しかしこうもなにもないとなると、焦りや不安が胸に広がる。

オッソ様の元から離れた隊長から再度指示を仰ぐべくすかさず騎士が駆け寄っていくけど、その横顔は先ほどのオッソ様の発言もあってとても硬かった。

「反対側に戻って食料を確保してから戻りますか？」

「崖沿いの道以外に馬車が通れる場所があるかわからない。馬の数も限られているし、餌が確保できず潰れる可能性もある。高齢なオッソ様もいらっしゃるし、馬車や馬を失うのは危険が大きい。予定通りの道を進むしかないだろう。二、三日進めば食料が手に入る可能性もある」

「最低限動けるよう皆で食料を分けて、何日持つ？」

「二日がいいところかと。殿下やオッソ様方に協力していただければ三日、四日持つかもしれません」

「それは駄目だ。医療品をほとんど失ってしまったから、体調を崩されると治療の手立てがない」

眉間に皺を寄せて唸るように答えた隊長に、騎士の眉尻が下がった。

よろしくない状況に心臓が嫌な音を立てるのを感じながら騎士や隊長の会話に耳をそばだてていると、温かな手がそっと私の肩に触れる。

「マリー殿」

「夜は冷えるので馬車に戻りましょう～？」

自分達も不安だろうに気遣ってくれるフィオナさんとアンナさんに促されるまま立ち上がれば、彼女達は私を安心させるように微笑んでくれた。二人はそういう任務だからと言ってしまえばそれまでだけど、周囲の散策に付き合ってくれたり、こうして耳を澄ませることを許してくれたりしているのは彼女達の優しさなのだろう。

これからどうなるのか気になるけど、フィオナさん達にあまり迷惑をかけたくない。なにより、これ以上聞いていると不安で眠れなくなりそうなので大人しく馬車に戻ろう。

そうして車内に入るため手をかけた、その時だった。

――――！　――――⁉


ザワッと空気が震えたかと思えば、怒声というか悲鳴のような声が聞こえてくる。

「レイス殿達が戻られたようだ」

「でもなんかおかしな雰囲気ですね～？」

「なにか持ち帰られたようが、あれはなんだ？」

「ここからでは見えません」

徐々に大きくなる人垣に目をやりながら交わされた二人の会話にパッと顔を上げれば、フィオナさんが車内に入りかけていた私に騎士然とした動きで手を差し出す。

「この騒々しさでは車内に入っても気になるでしょうから、私達も見に行きましょう」

「あ、ありがとうございます」

紳士的な行動と言葉にちょっとときめきを覚えつつ馬車から降りれば、アンナさんがサクサク人ごみを避けていく。

「はいはい。邪魔なのでどいてくださいね～」

魔法で身体強化でもしているのか、そう言いながら自分より大きな騎士を片腕でどかしていくアンナさんの姿は意外過ぎである。思わず見入ってしまったが、フラフラ歩く私の手をフィオナさんが引いてくれており、いつの間にか人垣の中ほどまで進んでいた。

「――オークだ」

騒めく騎士達の中に入るなり聞こえてきたのはそんな言葉で、私は息を呑む。

オークって、あのオーク？

オークと聞いて思い浮かぶのは、ゲームや物語に登場する二足歩行の醜い豚の怪物。近隣の女性を攫う悪辣で傍若無人な存在として描かれることの多い、あのオークだろうか？

周りを見れば嫌悪の表情を浮かべていたので、イメージ的には私が想像しているものであっているのだろう。

あれ？

でも勇者様のお蔭でそういった怪物はいなくなったはずなんじゃ……？

ふと脳裏を過った疑問。

しかしそれはすぐに解決された。

「着きました」

フィオナさんの声に意識を戻した私を出迎えてくれたのは、レイスとベルクさん。

それから、丸々と太った豚さんだった。


すでに息絶えている豚さんは美味しそうに肥えた巨体を横たえ、レイスとベルクさんの足元にいる。血抜きも終えているようで、綺麗な横顔だ。

白い毛だからヨークシャー種とかかしら……。

ピンクの肌が透ける白い毛に覆われた豚さんはどこからどうみても地球で食べられているものと

一緒で、大きさからいって二百キロ前後といったところだろう。食用豚にしては小さめだけど、鶏や鶉を見慣れている私からしたら食べ応えがありそうなサイズで食欲がそそられる。

思わず、ゴクリと喉が鳴った。

「マリー？」

「辺りに食いもんがない原因だろうから持ち帰ってみたが、女性に見せるもんじゃなかったな。誰か大きな布かなにか――」

そんな私の姿が息を呑んだように見たのか、レイスが心配そうに名を呼び、顔をしかめたベルクさんが騎士達に布かなにかを持ってくるように命じる。

でも、ごめん。

全然大丈夫。

さすがに解体はできないが、下処理済みの丸ごとの兎や七面鳥は扱ったことがあるし、大学では生きた鯉を調理して食べたりもした。こういった考えを非難する人もいるかもしれないが、私の中ではまな板に載ったら食材である。

豚肉ならばシンプルに焼いてもいいし、採取した茸やネギと炒めてもいい。薄切りにして自然薯に巻いて焼くのもありだし、醤油と蜂蜜があるので時間はかかるけど角煮という手もある。命を奪ったのだから残さず、すべてを美味しくいただかなければならない。それに豚が手に入るなら、騎士達の分の食料もなんとかなるだろう。

「どう料理する予定ですか？」

そう思っての質問だったのだが、空気が凍り付いた。

しかし豚さんに視線を注ぎ、作れる料理を模索していた私は周囲の驚愕など露知らず。

寄せ鍋にしゃぶしゃぶ、トマト煮込み、マルクさんがくれた生姜があるから……生姜焼きとか食べたいなとめくるめく豚肉料理の世界へ意識を飛ばす。

そんな私に意を決したように声をかけたのはレイスだった。


「――食べるのか」


耳を打ったレイスの声はいつになく重かった。

普段と違う響きが込められたその言葉に思わず顔を上げれば、アンバーの瞳が瞬き一つせず私を見つめていた。

「だって他に食べられる物はないみたいだし。沢山お肉取れそうなのに食べないの？」

心の底からの疑問を口にすればベルクさんが息を呑む。そして豚さんの側で片膝つくと真剣な眼差しで全体を観察し、詰めていた息を吐いた。

「………毒はないし、恐らく肉質もいい。崖下に沢山いたからすぐに捕まえてこれる。なにより、これを食えば食料は足りるだろう」

告げられた言葉に騎士達が騒めく。

「食べられるのか？」

「オークだぞ」

「でも、ベルク殿は賛成のようだぞ」

「そりゃ、食べれる魔獣もいたけどオークを料理するなんて前代未聞だ。聞いたこともない」

「さすがにちょっと……」

皆、私の想像以上に抵抗があるらしい。

いや、私も確かに二足歩行のオークだったら戸惑うけど、これはすでに魔獣でなくただの豚。どうみても地球の広域で親しまれている普通の豚さんである。

とても食べたい。

脂ののった豚肉をがっつり噛みしめたい。

というか私のお腹はもう白米と生姜焼きの気分になってしまっているので、今さら変更なんて受け付けない。温かな白米に香ばしくもほんのり甘い生姜焼きを載せて、口一杯に頬張りたいの。

チラリとレイスを見上げれば未だに私を見ていたらしく、パチッと目が合った。

「食べるんだな」

「うん。だって勇者様のお蔭でこれは魔獣のオークじゃなくて、ただの動物でしょ？　丸々太ってるしきっと美味しいわ」

「……そうだな。わかった」

意思を問うアンバーの瞳から目を逸らすことなく答えれば、レイスは覚悟を決めたかのように重々しく頷き、ベルクさんへと目を向ける。

「そいつを解体する」

「そうだな。仕留めたばかりじゃ美味くないかもしれないから、マルクを呼んで来よう」

「ここにいますから大丈夫ですよ」

レイスに同意し立ち上がったベルクさんがそう告げるや否や、マルクさんが姿を現した。どうやら騎士達に紛れて見ていたらしい。

「中身を拝まないとなんとも言えませんが、肉付きはよさそうですね。熟成は俺がやるんで、とりあえず部位ごとにバラしてもらえますか」

「わかった」

豚さんの腿を撫でてそう言ったマルクさんは、解体の邪魔にならないようレイス達から離れ私の元にやってくる。その表情は戦々恐々としながらもどこか楽しそう、と複雑だ。

「元オークを食べようなんて……思い切りましたね。マリーさん」

「もうただの動物ですし。なにより食材としての是非は美味しいか否かですから」

「――ハハッ。そりゃそうですね！」

私の信条を告げればマルクさんは目を丸くしたあと、吹き出して笑う。

「そう思って色々試してみないと、新しい料理は生まれないですからね」

「ええ。美味しいかまずいかは別として、とりあえず毒がなければ大丈夫だと私は思ってます」

こちとらナマコやホヤ貝など多少見た目が悪くとも味さえよければ喜んで食す日本人。猛毒を持つフグさえ食べてみせる国の人間である。わりかし本気で思っていることを伝えれば、マルクさんから尊敬の籠った眼差しが向けられ、その口から感嘆の声が漏れた。

「そうですね。毒さえなければ食べられますもんね。トマトもアーモンドも米も……クセのある食材も上手く調理して美味しくするのが料理人の仕事ですよね。――不屈の探求心。ルクト殿下が気に入るはずだわ」

感心と納得が入り混じった様子のマルクさんが最後に私を見てぼそっとなにかを呟いたが、周囲のざわめきにかき消されて聞き取ることができなかった。

「？　なにか言いましたか？」

「いいや。それよりも下処理が終わったみたいですよ」

「えっ？」

マルクさんの言葉に慌ててレイス達へ目をやれば、皮や内臓が取り除かれ、白く美しい脂身と鮮やかな赤身のコントラストが美しいお肉を露わにした豚さんがいた。

先程のざわめきはこれだったのだろう。

魔法を使っているからにしても驚くべき早業である。

「おー。これまた、美味そうな肉ですね」

「想像以上だな。試しにどこ使う？」

肉質がわかったことで乗り気になってきたらしいベルクさんの言葉に少し考え込んだマルクさんは、手招きして私を呼ぶ。

「マリーさんはどこがいい？」

どうやら私に選ばせてくれるらしい。

「――では、この辺りで」

三人の視線を受けながら私が指し示したのは、肩ロース。

我が家の生姜焼きは肩ロースの薄切りと昔から決まっているのだ。少々脂っこいと思うかもしれないけど玉ねぎも一緒に炒めるし、千切りキャベツと一緒に食べるスタイルなので案外合う。

「わかった」

そう言って軽く頷いたレイスは大きなナイフを豚さんに向けると、サクッとお肉を切り出してくれた。豆腐を切り分けているような手軽さだったので、ここでもまた魔法が使われているのだろう。切り出されたお肉はそのままマルクさんの手に渡り、ベルクさんが覗き込む。

「このくらいですかね」

「たぶんな。初めての肉だからな。微調整は食べてみないと」

「ですね」

美味しく食べられるよう熟成させているのだろう。自然薯掘りやすり鉢もどきを作ってもらった時も思ったけど、この世界の魔法は便利だ。熟成などもできるなら、牛乳から生クリームやバターなども簡単に作り出せそうである。

だから余計に、魔法を上手く使えないことが悔しいのよね……。

そうこう考えている間に、出来上がった肩ロースの塊を持ったマルクさんがやってくる。

「ここからどうします？」

「これくらいの薄切りにして炒めます」

「ならそれは俺がやりますよ」

指で五ミリほどの厚さを示せば、マルクさんが承知したと頷く。このまま料理を手伝ってくれるみたいだ。一瞬、王太子殿下に料理を出すような人に手伝わせていいのか迷ったけど、お腹の虫がグーと鳴いたので私は迷わず頭を下げる。背に腹は代えられないからね！

「では、お願いします」

丁寧に頭を下げた私は、他の食材や調味料、調理器具を出してもらうためにレイスの元に向かう。

白米と生姜焼き――。

その香りは不安半分興味半分に騒めいている騎士達の気持ちを攫い、豚さんへの認識を改めさせるだろう。なにより、久方ぶりに食べるその味はきっと至福のものに違いない。


というわけで、お料理開始である。

まず、薄切り肉三百グラムに対して、同量の水で溶き伸ばした蜂蜜大さじ一杯半をかけて揉み込み十五分～三十分置いておく。

蜂蜜がお肉を柔らかくするのは有名な話だからね。

しかし厚いお肉ならば蜂蜜を直接揉み込んでも問題ないけど、薄切り肉だと上手く行き渡らずボロボロになってしまうので家ではお水で薄めて使っている。

お肉を待っている間に玉ねぎ一個を三～五ミリ幅にスライスし、キャベツ四分の一玉を千切りにして水に浸けておく。

次いで調味液の準備。

少し使いにくいけどすり鉢もどきで生姜をすりおろす。大さじ一杯あればいい。

そこに加えるのは、醤油大さじ三杯と酒を大さじ一杯半、といっても清酒はないので今回は白ワインで代用する。ちょっと洋風な感じになってこれはこれで美味しい。

これにて調味液は完成だ。

あとは油を引いたフライパンでスライスした玉ねぎを炒め、透明になってきたら蜂蜜で漬けておいたお肉を投入。お肉に火が通り赤い部分がなくなったら、調味液を加えて半分から三分の一まで汁がなくなるまで炒め煮、生姜焼きは出来上がり。

なんだけど。

すでにお肉と玉ねぎと調味液、添え物の千切りキャベツにご飯を炊き、あとは炒めるだけという段階まで来た。

至福の時間までもう一歩。

だというのに、私の前にはグレーの瞳を吊り上げた騎士、ジャン・サルテーンが立ち塞がっていた。


「――貴様。それをどうするつもりだ」

「炒めて、お米と一緒に食べますけど」

睨み合う私達の周りは時が止まったかのように、静まり返っている。

ご飯が炊き上がり蒸らし時間に入ったので生姜焼きを仕上げようと、魔石コンロにフライパンを載せたまさにその時、ジャンはやってきた。無論その側には金髪の麗人ルクト殿下もいらっしゃり、彼等はレイスとベルクさんが解体していた豚さんへ歩み寄ると部位ごとに分けられた豚肉を眺め、続いて残った頭部へと目を向ける。

次の瞬間、ジャンは叫んだ。

そのようなものは食えぬと激高し、破棄するよう命じた。

彼は赤身肉と白い脂のコントラストが美しい豚肉を、食べ物として決して認めぬと言う。

勇者様の活躍でただの動物となったとはいえ、どうみても元オーク。下劣な生き物を食べて生き延びることは、恥だと言う。そして大変美味しそうな豚肉の破棄を主張しただけに飽き足らず、マルクさんが類まれなる包丁技術で薄切りにし、私がせっせと仕込んだ完成間近の生姜焼きを捨てさせようと迫っている。

もちろんここまできてそのような暴挙を許すわけにはいかず、私はジャンの前に立ちはだかっているというわけだ。こちらを見据える鋭い灰色の瞳をひるむことなく見返せば不機嫌そうな表情が浮かぶけど、私の知ったことではない。

「米はまだ許そう。しかしそのような生き物を食すなど言語道断。捨てろ」

「では、他になにを食べろと?」

というか、米はまだ許すって何様だと思いつつそう問いかければジャンは胸を張って答える。

「それは今から探す」

「騎士様や魔法使い様達が一生懸命辺りを調べて、レイスやベルクさんでもこのお肉以外見つけられなかったのに、探せば他に食材があると?」

「それは、わからんが。しかしそのような下劣な生き物を食べて生き延びるなど騎士道に反する。ルクト殿下にお仕えする騎士である我々は清廉潔白でなければならんのだ」

そう告げるジャンの目には一点の曇りもなく、彼が心よりそう思っていることがわかる。自然薯団子を否定した時だって、王太子殿下の御身を慮ればこそ出た言葉だったのだと思う。

それだけ主人を大切に想い、仕えているのだろう。

しかし。

「――馬鹿馬鹿しい」

私からすれば、その一言に尽きる。

「なんだと？」

「馬鹿馬鹿しい、と言ったんですよ」

眉をピクリと動かしたジャンに聞こえるよう大きめの声で、もう一度はっきりそう言ってやれば顔が赤く染まり、腰に佩いた剣に手が伸びる。そんなジャンの行動にベルクさんやレイス、マルクさんまでもが間に割って入ろうとしているが、私は構わず口を開いた。

「きさ――」

「貴方の言う『騎士道』はなんのためにあるの？」

そして吊り上がった灰色の瞳を真っ直ぐ見つめ、問いかける。

「勇者様のお蔭で魔王が消え去り、元の姿に戻った動物を下劣な生き物と称するなんて女神様を馬鹿にしてるの？　皆さんが一生懸命探してもないって言ってんのに探せばあるとか、根性論でどうにかなるならあんな重苦しい空気にはならないでしょ。空腹なんて気合でなんとかなるとか思ってんの？　なるわけないでしょ。馬鹿じゃない？　それで？　少ない食料で我慢して進んで熊とか盗賊とか出たらどうするの？　空腹でフラフラのまま戦えるの？　本当に？　いざって時に戦えない騎士になんの価値があるの？　外面気にしてやせ我慢してご主人様守れなかったら本末転倒じゃないの」

口を挟む暇を与えずに言いたいことを告げれば、ジャンは目を見開き固まった。

しかし、一度堰を切った私の気分はこの程度では晴れない。

一度目は未遂だったけど、二度目の妨害。それもアレルギーで体質的に食べられないなどといった切実な理由でなく、この男のこだわりでだなんて許せるものではない。

「騎士様、それも次期国王陛下に仕えてるんだから高潔な志を持って二心なく主人に仕え、誠実であり崇高な行いを心がけるべきなんでしょうけど、このお肉でお腹を満たして万全な状態で殿下を守ることのどこがそれに反するの？　それから何度でも言うけど、勇者様のお蔭で歪みは綺麗さっぱりなくなって、動物も植物も元の姿に戻ったの。これはオークでなくて、肉付きのいい無害な動物！　食べればきっと美味しいし、生きる糧になるのに、過去の記憶にこだわって食べたくないなんて馬鹿みたい。それにそもそも！」

キッと見上げればどこからか「……まだあるのか」なんて呟きが聞こえてきたけど、気にしない。この男には、言わなければならないことがあるのだから。

「私、騎士じゃないし。食べ物に清らかさとか求めてないので。体に害がなくて美味しければそれでいいと思ってるから、オークに似てようがなんだろうが気にしないわ。だからこのお肉も食べる。お腹空いたし。わかったら邪魔しないで！」

そう言い捨てて、私はフライパンを載せた魔石コンロの前に腰を下ろした。

王太子殿下に変な物を食べさせるな、というのはわかる。

この国にとって大事な人だからね。

しかし、それでなぜ私が食べるのも駄目なのかという話である。私だって、怪訝な顔をして遠巻きにしている人々に無理やり食べさせようとは思わない。美味しいのにもったいないなとは思うけど、食事とは繊細なものだ。一緒に食べる人によって味の感じ方が変わることもあるし、嫌だと思って食べればお腹を壊したりもする。だからどうしても嫌だというのならば、食べなくていい。

しかし、ジャンの言い分は私には食わず嫌いの言い訳にしか聞こえない。

だってフェザーさんは魔獣の中から、管理できそうな弱い種を選び飼育して食肉用に卸してたって言ってたもの。以前育てていたウズーは雑食な上に凶暴だったから、気を付けないと足に穴が空くとも言ってたし。

そんな危険な鳥が食用として許されていたのに、無害な姿に戻っても豚は駄目ってどういった了見なのか。見た目と気分的な問題だとしか思えない。


——その程度のことで生姜焼きを諦めるなんて、ありえない。


苛立ったまま少し乱暴に魔石コンロに火をつける。

フライパンに玉ねぎを投入して強火で炒めれば、パチパチといい音が鳴る。焦げないようにかき混ぜながら透明になるまで炒めたら、中火に落としてお肉に火を通す。

蜂蜜水を吸った豚肉は焦げやすいので、こまめに動かしながら炒めること数分。

お肉の焼けるいい匂いが漂いはじめ、誰かが喉を鳴らしている。しかし生姜焼きはこれからだ。

合わせておいた調味液を軽くかき混ぜてフライパンに流し入れればジュッといい音が鳴り、調味液がクツクツと煮立つにつれて醤油と生姜の香りが辺りを覆う。

もうちょっとかなー。

汁気の減り具合を確認しつつ火を止める頃合いを計っていると、フッとフライパンの上に影が落ちる。近づいて来た気配をチラッと確認すれば、ご飯が入った鍋とお皿を持ったレイスがすぐ側に腰を下ろしていた。

そして至極真面目な声で私に問う。

「そろそろご飯をよそうか？」

「あ、うん」

「なら付け合わせのキャベツの水を切っときますね」

「この皿でいいか？」

「あ、はい。大丈夫です」

レイスの反対側から声をかけてきたのはマルクさんとベルクさんだった。

頷けば、ベルクさんが持ってきた皿にマルクさんが水を切ったキャベツを盛りつける。かと思えば、フィオナさんがお皿、アンナさんがカトラリーの束を持って私の目の間にかがむ。

「お肉はこの皿で大丈夫だろうか？」

フィオナさんの言葉でハッとした私はフライパンの中身を確認し、慌てて火を止める。

危ない危ない。

焦がすところだった。

「美味しそうですね～」

嬉しそうに覗き込むアンナさんが思わず目を瞬かせれば、キリッと表情を引き締めたフィオナさんが左手を胸に当て、そっと口を開く。その姿は騎士然としており、とても様になっていた。

「マリー殿のお言葉を拝聴して自問自答してみたが、この肉を食すことは私の騎士道には反さない。故に御相伴に与らせていただきたい」

厳かにそう告げられたが、右手にお皿を持ったままなのでなんだか残念。しかし生姜焼きを食べたいと言ってもらえたのは嬉しいので、笑顔でお皿を受け取る。

「どうぞ召し上がってください」

「私も気にならないので、いただいていいですか〜？」

「もちろん」

手を上げたアンナさんに答えながらお皿に生姜焼きを盛りつければ、ふわりと立ち昇った湯気の下から汁を纏い艶々輝く豚肉と飴色に染まった玉ねぎが顔を覗かせ、鼻先を掠める生姜と焦げた醤油の香りが食欲を誘う。我ながら良い出来栄えである。

「俺は料理人なので。美味ければいいです」

「俺も食材に清らかさは求めないぞ。腹に入れれば一緒だからな」

マルクさんとベルクさんの声に振り返れば、いつの間にか用意されていたテーブル代わりの台の上に千切りキャベツとよそったご飯が載っており、地面には腰を下ろせるよう布が敷かれていた。

随分と様変わりした光景に目を瞬かせていると、手の上から生姜焼きのお皿が消える。

「俺は、マリーが作ったものならなんでもいい」

レイスはそう言って卓上にお皿を運ぶとご飯のお皿が置かれた前に腰を下ろし、私を呼ぶ。

「早く食べよう」

湯気を立てるご飯にそう言って目を輝かせるレイス。

いつもと変わらぬ食卓がそこにあった。


いつもと同じレイスの姿を見て胸に満ちるこの安心感を、なんと言い表せばいいのだろう。

これから私達はどうなるのか、無事に町まで戻れるのかどうかもわからない状況であることに変わりはないというのに私の肩からふっと力が抜けて、つい笑みが零れた。

「――そうだね」

頷き、私が一歩を踏みだすのと時同じくして、闇夜でも目立つ金髪が視界の端を掠めマルクさんの隣に空のお皿を持ったルクト様が腰を下ろす。

「マルク」

「……どうぞ」

そしてたった一言でマルクさんからご飯を半分強奪したルクト様は、私を見やるとにこりと笑う。

「ちなみに私は、その先に望む未来があるならばなりふり構わず進むべきだと思っていますから、現状もっとも有用な食材に文句はありません」

その宣言に周囲の騎士達がどよめくが、ルクト殿下が辺りを一瞥するとサーッと潮が引くように静かになる。

「ルクト様……」

その様子を、暗澹とした表情を浮かべたジャンが見つめていた。

おおらかな人なのかと思っていたけど……。

マルクさんや周囲の騎士の反応からいって、ルクト様はイイ性格をしているお方なのかもしれない。本能からのそんな囁きに二の足を踏みそうになるが「冷めてしまいますよ」とルクト様に指摘されて、慌ててレイスの隣に腰を下ろした。

冷めた生姜焼きなど悲し過ぎるからね。

私が座れば、レイスやベルクさん、フィオナさん、アンナさん、マルクさん、それからルクト殿下の視線が私に向けられる。

「――い、いただきます」

視線に押されるようにそう手を合わせれば、皆も見様見真似で食事前の挨拶をする。しかも、思わず女神様への祈りでなく普通に手を合わせてしまったのに、誰も問い質(ただ)してこない。助かったような、むしろ恐ろしいような気分だ。

そんなことを考えていると、またもや皆が私を見つめていた。

どうやら私が手を出すのを待っているようなのだが、はたして王太子殿下より先に食べ始めていいものなのだろうか……。

「我々は御相伴に与っている身なのでいつも通りどうぞ」

毒見代わりに先に食べた方がいいのか、それとも殿下が取るまで待った方がいいのか悩んでいると、そんな私の胸中を見透かしたようにルクト様が告げる。それでも社会人であった私は迷っていたのだけれど、レイスがいつも通り生姜焼きを取り、食べ始めたので覚悟を決めた。

ご飯の上に生姜焼きとキャベツを取り、まずお肉を食べる。

色々あったので熱々ではないけれどまだ温かく、蜂蜜の効果か豚肉は柔らかかった。

私が手を付けるのを待っていたルクト様達も続々と生姜焼きへと手を伸ばしているようだったけど、豚肉に夢中な私は彼らの反応を見守る余裕なんてない。


「――こりゃ美味い」


久しぶりに口にした濃厚な味わいに震える私の心を代弁してくれたのは、マルクさんだった。

そしてそれをきっかけに皆が次々に口を開く。

というか、皆いつの間に取って食べていたんだろうか……。

「ああ。マリーの味付けがいいんだろうが、肉に臭みがなくて食べやすい。鳥よりも食べ応えがあるし、一度広まればあっと言う間に食い尽くされるだろう。今から飼育しておくといい資金源になる」

豚肉を噛みしめながら飼育にまで考えを巡らせるベルクさんの横では、フィオナさんとアンナさんがタレの味に感動していた。

「勇者の醤油と生姜がこんなに合うなんて」

「甘い玉ねぎとキャベツのサッパリ感で、いくらでも食べられそうです～」

レイスはというと、生姜焼きが盛られた皿に二度目となる手を伸ばし、黙々とご飯と生姜焼きをかき込んでいるので、気に入ったのだろう。これはうかうかしていると食べ尽くされる流れだ。

なくなってしまう前に自分の皿に生姜焼きを追加して一息つけば、海のように深いブルーの瞳がジッと私を見つめていた。

「——君は不思議な人だね。噛みしめるほどに甘みを増す白い米は元の状態からは考えられないほど柔らかく変化し、濃い目に味付けされた肉料理との相性がいい。生姜の香味と醤油の塩気、蜂蜜の甘さのバランスは完璧で、コク深いこの肉と見事に調和しているし、共に炒められた玉ねぎが調味料や肉汁を含んでいるため肉を漬け置かずとも味付けがしっかりと感じられる。そして付け合わせのキャベツを合間に食べることで口の中がすっきりし、濃厚なこの肉料理を新鮮な気持ちで味わわせてくれる」

——まるでこの肉を味わうためにあるような味付けだ。

料理評論家のような感想のあと、耳元でそう囁かれ息を呑む。私を見据える瞳は底が見えないほど深く、すべてを見透かしている気がして心拍数が一気に上がっていく。しかしふわりと笑みを浮かべたルクト様はそれ以上の言葉を重ねることなく私から目を逸らすと、所在なさげに固まっている騎士ジャンを呼んだ。

「ジャン」

「はっ」

考えに浸っていたようにも見えたジャンは、条件反射という言葉がぴったり当てはまる動きでルクト様の元に侍(はべ)ると、片膝ついて主君の命を待つ。

それは一枚の絵画のようにしっくりくる光景で、主従として二人が過ごしてきた時の長さが感じられた。

「お前も食べてみろ」

「……」

生姜焼きと千切りキャベツと白いご飯が載ったお皿を主君から突きつけられたジャンは、なにかを堪えるように眉を寄せるとなにごとかを口にしようと唇を戦慄かせて、やめる。

……そんなに嫌なら断ればいいのに。

生姜焼きだって、美味しくいただいてくれる人に食べられたいはずだ。しかし主君からの命だと断りにくいのかもしれない。

そう思い至り口を挟もうとした瞬間、再びルクト様の声が響く。

「ジャン。この状況で誰が正しいのか。もう、わかっているのだろう?」

「――はい」

諭すように告げられた言葉にグッと息を詰まらせたジャンは、目を瞑りそう答えるとグレーの瞳を私に向ける。真っ直ぐ向けられた瞳にまたなにか言われるのかと身構えるが、鋭い眼差しに険はなく。不機嫌な顔しか見てこなかった私はその時ようやく、ジャンが吊り目であることを知った。

「独りよがりな考えを押し付けてすまなかった」

まさかの謝罪に自分の耳を疑うが、ジャンはもう一度すまないとはっきり告げた。次いでルクト様からお皿を受け取り、マルクさんが差し出したフォークで豪快に生姜焼きを刺すと、勢いよく口に入れる。

そして味わうように噛みしめること十数秒。

「――美味い」

吐息を零すようにそう告げたジャンはその後、手を止めることなく生姜焼きとご飯とキャベツを口に運び、米粒一つ残さず完食した。ルクト殿下はそんなジャンの姿を満足そうな表情で眺めており、二人を見守っていたマルクさんがホッとしたように息を吐く。

「決まりですね」

「ああ。今晩は残ってる肉と食料で軽く炊き出しをして、明朝から捕獲だ」

マルクさんの言葉にベルクさんがニヤリと笑う。

なんだかよくわからないが、話が纏まったらしい。

通じ合っている四人になんだったんだと思いつつ、私は生姜焼きを口に運ぶ。すっかり冷めてしまったけど、蜂蜜水のお蔭で柔らかくなった豚肉にタレがしみ込んだ玉ねぎが絡んで美味しい。続いてタレと肉汁がしみ込んだご飯とキャベツを混ぜて頬張っているとレイスに袖を引かれ、少ししてから物悲しそうな声が耳を打つ。

「マリー」

卓上へ目を向ければ、空っぽになったお皿。

レイスは先ほどの騒動などものともせず、食べ続けていたらしい。

ルクト様にいつも通り食べていいと言われ、私も否定しなかったので、心行くまま貪っていたのだろう。レイスもある意味ブレない男である。

「食べ終わったらね」

「……わかった」

追加を催促するレイスに待つように告げて、確保しておいた生姜焼きを頬張る。

私が自分の食欲を優先するのも、いつものことである。

炊き出しをするなら寄せ鍋かしら……。

皆で分けてしまったので生姜焼きを食べ終わっても物足りない自身の胃袋と相談しつつ、次の料理に想いを馳せる。


そんな私が現実に引き戻されたのは、卓上の惨状に気が付いたベルクさんが驚きの声を上げる数分後のことだった。

生姜焼きの残りを食べつくしたレイスに対し、師匠であるベルクさんが皆を代表してお叱りの声を上げてから一晩。
荒ぶるベルクさん達を豚とキャベツの寄せ鍋を作ることで宥めることに成功した私は、久しぶりに味わった豚肉に大変満ち足りた気分で眠りについた。生姜焼きもそこそこの量食べたし、寄せ鍋も製作者権限でいっぱい食べたからね。
しかし私やルクト殿下を優先したベルクさんやジャンや騎士達はもちろん、お鍋の時は師匠に監視されていたレイスは満腹とは程遠かったらしく。現在、レイスもベルクさんも騎士も魔法使い達も皆、大変真剣な表情で豚さんの群れを追いかけていた。

オークの集落だったのだろう村の跡地に豚さん達の鳴き声や隊長さん達の叱咤(しった)、大勢の人が走り回る足音が響く。

私はその光景を物見櫓(やぐら)のような建物の上から、のんびり眺めていた。

「ちゃんと囲い込め！　左翼に空いた穴から逃走しているぞ！」

「逃げたやつは追わなくていい！」

「追うのに夢中になってると隣の奴と距離が空いて隙間できっから気を付けろよー！」

「「「「了解です！」」」」

飼育を視野に入れているため生け捕りを目指しているというのもあるんだろうけど、騎士や魔法使いが必死の形相で右往左往している姿は正直、なんだかなぁという感じである。その上、昨日の夕飯が美味しかったのかお腹が空いているのかはわからないけど騎士達の目がギラギラしていて、上から見ている私もちょっと引いているくらいだ。彼らに追いかけられている豚さん達の恐怖は、かなりのものだろう。

人の食欲って、すごいのね……。

より美味しいものを求めて狩りや採取を繰り返し、文明を発達させてきた大昔の人々もこんな感じだったのかもしれない。豚さん達と激しい追いかけっこを繰り広げている騎士達の姿を前に、私は人間の根底にある欲望を見ている気分になった。

けれども、崖崩れに遭ったあとのピリピリした雰囲気と比べれば明るく元気いっぱいな様子にホッと安心したのも事実なわけで。旅が始まって以来一番というくらいの賑わいを見せている調査団の皆さんを眺めながら、外敵もおらずのんびり暮らしていただろう豚さん達にごめんねと心の中で手を合わせる。

美味しくいただくので、どうか許してほしい。


捕獲されていく豚さんに黙祷(もくとう)を捧げること数十秒。

「――マリーさん。少しいいかな」

背後から突然聞こえてきた声にビクッと跳ねた肩を誤魔化すように慌てて振り返れば、ルクト様の姿が思っていたよりも近くにあってさらに驚いた。

騎士達を眺めるのに夢中でまったく気が付かなかったわ……。

一体いつから背後にいたのかと考えながらこちらに踏み出した彼をぼうっと見詰めていると、その後ろで護衛として一緒にいたフィオナさんとアンナさんが大変申し訳なさそうな表情を浮かべていることに気が付く。おまけに私の視線に気が付いた彼女達はそのまま口を開くことなく静かに頭を下げると、音を立てることなく梯子(はしご)を下りて行ってしまった。

――え、助けてくれないの⁉

まさかの放置に唖然(あぜん)とするも、ルクト様の足は止まらないわけで。

「隣を借りてもいいかな」

慌てふためく私の胸中を知ってか知らずか、横に並ぶまであと一歩といったところで足を止めたルクト様はご尊顔に麗しい微笑みを浮かべてそう仰った。ちなみにお伴は連れて来なかったようで、口煩いジャンやマルクさんや護衛の騎士達が上って来る気配は一向にない。

もしかして、これは私が一人でお相手をする感じなのだろうか？　この国の次期トップと二人っきりなんて、できれば遠慮させていただきたいんだけど……。

「……どうぞ。お好きになさってください」

やだなぁと思うものの、王太子殿下の申し出に嫌な顔できるほど私は剛胆な人間ではないので愛想笑いを浮かべてスペースを空ければ、ルクト様は「ありがとう」と言って隣に並ぶ。そして私がしていたように少し身を乗り出すと下を覗き込んだ。

肩を並べて走り回る豚さんと騎士達へと目を向けること、しばし。


「いいぞ、そのまま真っ直ぐ追い込め！」

「目標、通過しました！　入り口を閉じてください」

騎士達が土壁で囲った区域に集団を追い立てるや否や、魔術師達によって入り口用に空けていた部分がみるみるうちに塞がり、十数頭の豚さんが一度に捕獲された。

一拍後、騎士達から歓喜に満ちた叫びが上がったかと思えば、すぐ隣でフッと笑い声が零れる。耳を掠めたその優しい音にそろそろと視線を上げればとても柔らかい表情をしているルクト様がいて、私は思わずパッと視線を落とした。

なんだか、いけないものを見てしまった気分だわ……。

愛しい人を見つめているような優しい眼差しは、麗しいご尊顔と相まって抜群の破壊力を発揮しており、まったく関係のない私も思わずドキッとしてしまった。美形の自然な微笑みとは、なんて恐ろしいものなのか。ある種の恐怖を感じつつ動揺を誤魔化すように視線を戻せば、自分達を見守っている主君に気が付いたのか騎士達が嬉しそうに手を振っているところだった。

――良い王子様、なんだろうなぁ。


自分達の成果を誇らしげに主君に示す騎士達の姿に、そう思った。

同時に、昨日の夜や数日前の昼食や道中での記憶が浮かんでくる。

私の作ったご飯を食べようとしたルクト様をジャンが必死に止めたように、彼は周囲からとても大事にされていた。それは彼が王太子殿下というだけでなく、王族としての仕事をしっかりこなしてその責任を立派に果たしてきたからであり、皆が仕える主としてルクト様を認めて尊敬しているからなんだろう。私とほとんど変わらないくらいの歳なのにすごい人だ。


自分の子を見つめる親のような、温かい感情を灯すブルーの瞳に尊敬の念を抱きつつ、私は活気溢れる人々とその奥に広がる大自然を目に焼き付ける。

オリュゾンはきっと良い国になるに違いない。

忠誠心に満ち溢れた騎士もいるしね、と豚さんに悪戦苦闘しているジャンにそんなことを考えながら私はレイスの姿を探す。先程まで端に寄ってベルクさんとなにやら話し込んでいたはずなんだけど、気が付いたら二人ともいなくなっちゃったのよね……。

どこに行ってしまったんだろうと視線を動かすこと数分。

ようやく見つけた二人は、騎士の集団から少し離れたところにある小屋の屋根にいた。あんなところで一体なにをしているのかと首を傾げながら眺めていると、不意にベルクさんとレイスが下を通りがかった豚さん目がけて飛び降りる。

そしてその背を取ると、首に腕を回し力ずくで抑え込んだ。

え、ちょ、なにやってんのあの二人⁉

とんでもないその行動に目を見開き思わず身を乗り出したけど、当の二人は暢気なもので。

「――――捕まえたぞ、ベルク」

「おー。よくやったじゃねぇか。繁殖用に捕獲する時は痺れ薬なんかの類を使わないのはもちろんだが、武器やなんかで傷つけない方が高値で売れるから頑張れよ」

「わかった」

生け捕りの方法を教わっていたらしく、素手で豚を一頭ずつ捕まえた師弟は捕獲した獲物を逃がさないように縄で近くにあった柵に繋ぎながら再びあーだこーだと話し始めた。

豚さんって素手で捕まえられるんだ……。

魔法で身体強化しているんだろうけど、百キロは優に超えている巨体を抑え込めるなんて私からしたら未知の世界である。

というか、私の心配を返してほしい。なんだか損した気分だわ。

心臓止まるかと思ったわと心の中で文句を言いつつ、どんどん人間離れしていくレイスに羨望と呆れの混じった視線を送っていると隣のルクト様が僅かに身じろぐ。

まだ会話らしい会話はしていないけど、もう下に降りるのだろうか？

そうだと嬉しいなと思いつつ体勢を変えたルクト様へと視線を向ければ、海のように深いブルーの瞳が真っ直ぐに私を見つめていて思わず息を呑む。騎士達を眺めていた時とは違うその眼差しに浮かぶ感情を、なんと表現すればいいのか。眩しそうに見つめられる経験なんてなかったから、私は目の前に立つ彼がなにをしたいのかさっぱりわからなかった。

ただならない雰囲気に流されるように姿勢を正して、これからどんなことを言われるのかドキドキしながら見上げればルクト様がゆっくりと話し出す。そして。


「――ありがとう」


あまりにも柔らかい声で紡がれたものだから、一瞬なにを言われたのかわからなかった。

しかし一拍遅れて感謝の言葉を贈られたのだと理解した私は、王太子様に改まってお礼を言われる理由がわからなくて困惑する。

……ご飯を作って食べていた記憶しかないんですけど、私。

「マリーさんのお蔭で、誰一人欠けることなく町に帰れそうだ。物資の大半を失い、降りた麓に目ぼしい食料がないとの報告を受けた時、私は誰を置いていくかを考えていたのだけど……まさかこうなるとはね。君はつくづく私の想像を壊してくれる」

溜め息を零し、噛みしめるように言われた最後の台詞に、褒められていると受け取っていいものかと迷う。

よって思い悩んだ末、私の口から出たのはなんだか間の抜けた声だった。

「そう、ですか」

困惑が顔や声に出ていたのかルクト様は少し眉尻を下げると、「どこから説明すればいいかな……」と零す。悩ましい顔も美しいだなんて、羨ましい。

なにを話そうか思案しているルクト様にそんなどうでもいい感想を抱きつつ、私は先ほどの彼の台詞について考える。

私の想像を壊す、ね……。

完成した生姜焼きを食べるルクト様の姿は余裕たっぷりで、特になにか我慢しているといった感じはなかったと思っていたけど、やっぱり内心では豚肉料理に抵抗があったのかもしれない。けれども皆に大丈夫だと知らしめるために、自身の葛藤や動揺を押し込めて涼しい顔で口にしていたのかも。実際、王太子殿下やジャンが美味しいと言ったことで、次に作った寄せ鍋はほとんどの人が口にしたようだったし。上司が率先して犠牲になるなんて、素晴らしい心構えである。

そう思う一方で、こういう人だからジャンがあんなに過保護になったんだなと一人納得していると話すことが纏まったのか、ルクト様が再び口を開く。しかしその瞳には先ほどまでなかった悪戯な色が宿っていて、なんだか嫌な予感がした。

「実は、マリーさんを今回の調査団に同行させたのは私なんだ。貴方が投石の代わりに使うために植えられていたアーモンドの実やトマト、それに皆が見向きもしていなかった米を食しているとレイスから聞いてね。その話が事実ならばこの国を、いや世界を救えるかもしれないと思って君を呼ぶことにした」

——想像以上に壮大な話が始まっちゃったんですけど⁉

世界を救うってなにそれ。そういうのは勇者とか特別な人間の役目であって、うっかり異世界に来ちゃっただけの一般人にする話じゃない。私には特別な力とか特典はないので、変な期待はしないでほしい。切実に。

無茶ぶりにもほどがあるわ！　と心の中で叫ぶけど、当然ルクト様には伝わらないわけで……。

「まだ各国の上層部でしか話題になっていないが、今のままだと世界規模の食料難に直面する可能性が高い。瘴気の影響がなくなり動植物が本来の姿を取り戻したことは喜ばしいことだけど、物理的な収穫量が減ったからね……。折角異世界からやって来た勇者様が平和をもたらしてくれたというのに、このまま いくと数年後には人間同士で食料の奪い合いが起きてしまう。だからマリーさんの存在を知った時、私は光明が差した気がしたんだ。それで食料の確保など後回しでいいのではと言う出資者達には開拓地の事前調査だと伝え説き伏せ、今回の旅は実施された」

やめて。

そんな話は聞きたくない。

真面目な顔で事の経緯を語るルクト様に、そう言ってしまえればどんなにいいか。

王太子殿下の話を途中で遮るなんて畏れ多いことはできない小心者の自分を恨めしく思いつつ、

私は頬が引きつりそうなのを止めるべく口の中から噛む。

『世界規模での食料難』という物騒な、しかもまだ各国の上層部でしか話題になっていないトップシークレットみたいな情報や今回の裏事情なんて知りたくなかった。

そう心から思う一方で、本当に世界規模の食料難が起こるというのなら、今まで誰も食べて来なかったお米やトマトやアーモンドとかを遠慮なく食べていた私に興味も持つこともあるだろうなと納得する。お米なんて主食になりうる穀物だからね。

でも、そんな世界規模の問題を振られても困る。

私は美味しいものを食べたいだけだし、女神様が目覚めたら地球へ帰るのだから。フェザーさんやカリーナさんやレイスに優しくしてもらうだけでも罪悪感で一杯だというのに、これ以上この世界の人々と関わりたくない。

――だって、彼らのことを知って深い関係を築いてしまったら、帰れなくなる。

身勝手なのはわかっている。

あんなによくしてもらいながら向かい合うこともしないなど失礼だし、最低だ。

でも、私の心はそれほど強くない。

五年もの歳月をこの世界で過ごした勇者様は、どんな思いで地球へ帰ったのか。共に命を懸けて戦った仲間達との別れを乗り越えて、よく選ぶことができたなと思う。

私には多分無理だ。

深入りすればするほど、どちらの世界も選べなくなる気がする。

だから逃げたい。

ルクト様の話をこれ以上聞くのは危険だと警鐘を鳴らす本能に従い、私はどこかに会話を断ち切れるものはないか必死に辺りを見回す。

誰でもいいから助けて。

強くそう願った、その時だった。

「私の判断は間違っていなかった。マリーさんならきっと――」

ルクト様の口から聞きたくない言葉が聞こえてきた瞬間。

忘れもしない女神様のベールが広がり、空を覆った。


「――ルクト様！」

どこかから上がったジャンの心配に満ちた声で、私はハッと我に返った。

地上を見れば豚を追っていた騎士達も足を止めて先ほどまでとは違う騒めきに包まれている。

そんな状況なのでルクト様も会話を中断しており、女神様による奇跡を唖然とした様子で見つめていた。

突然の出来事に驚き天を仰ぐ皆の姿を見ながら私は物見櫓の手摺りを掴み、腰辺りまでしかない壁に寄りかかりながら安堵の息を吐く。

……た、助かった。

危うく、とんでもないお役目を担わされるところだった。

そうなったら否が応でもこの世界や人々と関わらなくてはいけないし、皆のことを知れば知るほど帰る時に苦しむことになる。

我ながら薄情だと思うけど、そこまでの覚悟はまだできていないので、よかった。

そう。

これで、よかったのだ。

物見櫓に向かって走ってくるレイスの姿にチクリと痛んだ胸から目を逸らすように、私も天を仰ぐ。そして願いが通じたような素晴らしいタイミングで出現した女神様の奇跡へと目を向ければ、こちらに来てしまった時とは反対に光のベールはどんどん輝きを増していった。

やがてふわりとオーロラが捲れると、見覚えのある黒髪の青年が現れて屋根の一つに降り立つ。


「――勇者様？」


ルクト様の口から、驚きに満ちた声が零れ落ちる。

地上では騎士達やベルクさんが信じられないといった表情を浮かべて屋根の上を凝視しており、レイスも足を止めて勇者様を見上げていた。

英雄の登場に皆が息を呑み静まり返る中、ユウト少年は何かを探すようにキョロキョロと辺りに目を走らせていた。

しばらくして、黒い瞳が私やルクト様がいる建物にも向けられたかと思えば、バチッと視線がぶつかる。そして目が合ってから一拍後、彼は誰が見てもわかるくらいはっきりとホッと息を吐いた。

『よかった』

声は聞こえないけど、恐らくそう呟いたのだろう。

安心したように笑った勇者様は、軽い足取りで屋根を伝いこちらに向かってくる。

「え？」

真っ直ぐこちらを目指す勇者様に「ちょ、なんで？」と驚いている彼はその距離を詰めて私とルクト様の元へ辿り着くと柱を掴み、手摺りの上に立つ。

そしてその黒い瞳で私を捉えた。

「田中、真理さん」

勇者様の真っ直ぐなその視線にたじろぐ間もなく、凛とした声が私を呼ぶ。

「あ、はい。な、なんでしょうか？」

噛みしめるように紡がれた自分の名前に驚き反射的にそう答えれば、勇者様はとびっきりの笑みを浮かべて驚きの言葉を告げた。

「迎えに来ました。わかっていたけど、無事でよかった」

意味深な勇者様の発言に、ルクト様の話を聞いていた時以上の混乱が私の中で巻き起こる。


え、ちょ、無事だとわかっていたって、なにそれ？

というか、なんで貴方がここにいるの？

女神様が目覚めるのって、五年後じゃなかったの？


色々聞きたいことはあるというのに、頭の中では疑問符が飛び交い上手く言葉にならない。

そんな私に勇者様は、優しい声で「落ち着いてください」と話しかける。

「ゆっくりで大丈夫です、真理さん。ちゃんと説明しますから」

そう告げる声や表情は親しい人に向けるように穏やかで、勇者様からそんな目を向けられる心当たりがない私はさらに戸惑い狼狽（ろうばい）したのだった――。

№14　ジャン・サルテーン視点

侯爵家の三男として生まれ落ち、ルクト殿下に剣を捧げてから十五年余り。

日課である鍛錬から戻ったらまず、剣と脱いだ鎧を一点の曇りもなく磨き上げる。

次いで向かうのは湯殿だ。

頭の天辺からつま先まで、徹底的に汚れを落とす。

そうして身を清め終わったら、本日は儀礼用の白い制服の袖に腕を通し、騎士の誇りである剣を腰に佩く。頭髪や服装に不備がないか三十分ほどかけて念入りに確認したら部屋を出て、敬愛する主君の元へ向かう。


「――来賓の方々のお相手は問題ないか？」

「はい。皆様、庭園にてお茶を楽しまれています」

「厨房に何人か男手を寄越してくれとマルク料理長が仰ってます」

「なに？　もう料理が出来上がったのか？」

「半分ほどは。これからメインの仕上げに入ると」

「わかった。侍従を何人か送っておくから、メイド長にあと一時間ほどで来客をお連れするよう伝えてくれ」

「畏まりました」

調査団の無事の帰還を祝う宴の準備に追われ、慌ただしく行き交う人々の声に思い浮かべるのは功労者たる女性、マリーの姿。崖崩れに見舞われ、人命を損なうことはなかったものの物資の大半を失った我々が、誰一人欠くことなく城に戻ることができたのは彼女のお蔭であった。


観賞物であるトマト。

投石などに使用されていたアーモンド。

これまで見向きもされていなかった米。


それらを調理し、食すマリーは来たる食料危機に備え粉骨砕身されていたルクト殿下の目に留まり、前々から計画されていたある山の開拓地の事前調査に同行させることになった。

しかし彼女は、年若い市井の女性。

迫りくる世界規模での食料争奪戦を回避することはルクト殿下のたっての願いであり、この国の騎士として私も尽力すべき課題であるが、妃(きさき)どころか婚約者もいらっしゃらない殿下を思えば渋い顔をせざるを得なかった。

ルクト殿下は国や民を思うあまり、御身を顧みないことが多い。そこに国の利があるのならば汚泥を啜(すす)ることを良しとするそのお心は尊敬に値するが、仕える身としては悩みの種であり。オリュゾンの地を踏む以前のマリーが市井の者ではなかった可能性をベルクが示唆したこともあり、今回もまた有能ならば妃の位を与えて囲うのも悪くないなどと言い出した。

故に、私がしっかりしなくてはと思ったのだ。

それが、我が目を曇らす原因となるとは知る由もなく。

今となっては己の浅慮を恥じるばかりである開拓地の事前調査は、そうして始まった。


ルクト殿下がマリーの知識を欲しての指名であるが、表向きは山の調査に必要不可欠なベルクとレイスの同行者。騎士達には一般女性でも入れる山だと示すために同行を許したと伝えており、彼女には護衛として女性の騎士と魔法使いが一人ずつつけられた。無論マリーの知識を吸収するため、護衛の二人には彼女から勧められた食物はすべて口にするよう別命も下されている。

だから、フィオナとアンナになにを勧めようとかまわん。

しかしルクト殿下は別である。

マリーが白くドロドロしたものを鍋に掬い入れ、それを殿下にお出ししようとした時はさすがに止めた。オリュゾンのためその身を犠牲にしようとするルクト殿下の志はすばらしいが、そのようなことは我々に任せてくだされはいい。

むしろベルクもマルクもお側にいながらなぜ止めないのか、私には理解できなかった。

マリーが調理したものを、食べたことがなかったからな。

あとから聞いた話であるが、ベルクもマルクもフィオナもアンナも『カステラ』という菓子をいただいたことがあり、その時点でマリーの調理技術は卓越していると確信していたらしい。そしてそんな彼女が迷いなく調理していくので、採取した食材もしくは似た物を実際に食べていたのでは、というのが共通認識だったらしい。

それにアンナもマルクもベルクもルクト様も、魔法で毒性の有無を調べることができる。だから殿下にお出ししても問題ないと判断し、誰も止めなかったというわけだ。
しかし事情を知らぬ私には、畏れ多くも殿下に適当に作った訳のわからぬものを勧める女にしか見えなかった。故に、彼女がオークに似た動物を調理しているのを見た時も、怒りしか湧かず。
なぜマリーがあの動物の肉を手に取ったのかも尋ねずに、否定した。
ルクト様をたぶらかすかもしれぬ女、という目で見ていたからこそ、俺は彼女の働きをなに一つ見ず、どのような性格の人間なのか知ろうともしなかったのだ。

――外面気にしてやせ我慢してご主人様守れなかったら本末転倒じゃないの。

頭一つ大きい俺を怯むことなく見据えて放たれたマリーのその言葉に、頭を殴られたかのような衝撃を受けた。肉で腹を満たし、万全な状態でルクト殿下を守ることが騎士道に反するのかと問われ、なにも答えられなかった。

――生きる糧になるのに、過去の記憶にこだわって食べたくないなんて馬鹿みたい。
国や家族を失った悲しみはあろうが過去の記憶に囚われることなく、このオリュゾンで新たな人生を歩んでほしい――。

吐き捨てるように告げたマリーに、初めてオリュゾンに迎えた民達にそう語りかけたルクト様の姿を思い出した。

同時に、彼女がなぜ殿下の目に留まったのかわかった。

似ているのだ。

悲しみも屈辱も過去の物として呑み込み、生きるために前だけを見据えるその心が。

人命以上に大切な誇りや矜持などないと言い切る覚悟が、マリーとルクト殿下にはある。一番大切に想うものが同じだからこそ、殿下は彼女の言動に共感を覚え、心惹かれておられるのだろう。

しかし、いかに殿下が望まれようとも彼女を側に置くことは叶わない。

何故ならば、彼女マリーは女神のベールを通り勇者様と同じ世界から来た異世界人なのだから。


……これからは『マリー様』と呼ばなければな。

勇者様と同じ世界から来たばかりか、知り合いだという彼女を公衆の面前で気安く呼び捨てるなど俺の立場ではできない。たとえ変わらぬ対応を彼女自身が望んだとしても、だ。

彼女が勇者様と同じ世界からの来訪者だと明らかになったことによって走った衝撃は大きく、我々は激しく動揺した。その上、勇者様がこれから地球に帰るまでは己が彼女を守ると宣言されたものだから、どう接するか我々は悩み悩んだ。

しかしマリーの行動は変わらず、また我々にも変わらないことを望んだ。

甘辛い生姜焼きにコク深い寄せ鍋、蕩けるような食感の角煮。

帰路の途中で、振る舞われた彼女の料理はどれも美味であった。

勇者のショーユを元に味付けされた肉料理は白くふっくらしたお米と合わせると至高の味で、何杯でも食べられる気がした。それくらい、どれも驚くほど完成された味だった。

しかしそれも彼女達にとっては当然のことらしく。勇者様達が暮らす日本という国では米が主食であり、醤油は大変慣れ親しんだ調味料なので使用方法も熟知しているそうだ。

勇者様からしても彼女の料理の腕は良いそうで、お墨付きをもらった異世界料理を嫌がる者などおらず、皆こぞって舌鼓を打ったものである。

――――――。

思案の最中、聞き覚えのある声に引き寄せられるように窓の外を見やれば、庭園の中に置かれた机でお茶をしているマリーとレイスそれからベルクの姿が目に映る。勇者様はルクト殿下の元にいるのか、不在のようだ。

「マリー。これはどうだ」

「ありがとう。レイス」

本日の宴に参加するためにベルクから衣装を借りたのか、布を余らせているレイスがせっせとお菓子を勧める相手は、花のようなドレスに身を包んだマリー。

メイド達が支度したのか、艶やかな黒髪が下ろされサラサラと揺れている。

「――幸せそうだな。マリー」

「紅茶もお菓子も美味しくて幸せです」

ベルクの言葉にはにかむ姿は令嬢といっても差し障りなく、陽光のような御髪（おぐし）のルクト様と並んだら映えるだろうと考えるが、その光景が実現することはない。

彼女はもうすぐ帰ってしまう身だからな。


迎えに来た勇者ユウトと共に、地球という異世界へ。


そう考えた瞬間、ヒュッと喉が鳴った。

肺付近に広がる違和感と嫌な音を立てる心臓。

よもや風邪でも引いたのだろうか。

——こうしてはおれん。

うつさぬよう、殿下の御前に上がる前に侍医に尋ねなければ。

そう判断した私は楽しそうなマリー達から目を逸らし、足早にその場から去ったのだった。

No.15　最後の晩餐(ばんさん)

王城の一角にある大広間。

煌くシャンデリアに、細やかな細工が華やかな調度品。

美しい旋律を奏でる楽団と、リズムを刻みながら踊る人々。

今宵の晩餐は立食形式らしく、赤ワインや白ワイン、果実酒など色とりどりの酒で満たされた杯が並べられた台の側には、肉や魚や野菜をふんだんに使った贅を尽くした料理がずらりと並べられていた。

――どれから食べよう。

どこから手を付けていいのかわからない。

綺麗に盛り付けられた料理が敷き詰められた机の先には、これまたカラフルな果物が載せられており、この世界に来て初めて私は食べきれないほどの食べ物に囲まれている。

こんな幸せなことはない。

生きててよかった。

「嬉しそうだな。マリー」

「もちろん！」

力いっぱい即答した私に釣られたのか、レイスの顔も僅かに緩む。

山の調査から帰還して三日目。

崖の崩落で物資を失いつつも誰一人欠けることなく戻れたことを祝して、オリュゾンの王城でちょっとしたパーティーが開かれていた。調査に参加していた騎士や魔法使いの方々も参加しているため、衣装に着られている私やレイスが混じっていても悪目立ちすることはなく安心である。

しかし、そうやって暢気に過ごしているのは私のような一部の人間だけらしく。世界を救った勇者様も参加されていることもあり、会場を見渡せるよう一段高いところに用意されたテーブルに座る国王陛下や重臣の方々の間には言い知れぬ緊張感が漂っているようだった。

私の席も用意すると言われていたんだけど、全力で断っておいてよかったと思う。あんな雰囲気の中じゃ、折角のご馳走を堪能できないもんね。

オリュゾンの国王陛下の隣に座る黒髪の少年と目が合う前に私はそっと目を逸らし、人々の中に紛れる。まぁ、向こうからは丸見えだろうから私の気分的なものだけど。


——迎えに来ました。わかっていたけど、無事でよかった。


女神様のベールから現れ、そう私に告げた彼の話は大変驚くべきものだった。

みすみす私を見送ってしまったあと、激しい後悔に苛まれたものの彼にはどうすることもできず一先ず家へ戻ることにしたんだけど、驚くべきことにその道中で私に話しかけられたらしい。

異世界へ行った私が落とした社員証はたしかに彼の手元にあり、先ほどの出来事は決して夢ではない。それなのに目の前にはスーツ姿ではないものの、ついさっき異世界へ行ったはずの私が元気な様子で立っており、大変混乱したそうだ。

当然である。私もそんな状況なら心臓が飛び出るほど驚き、混乱するに違いない。

しかしさすがは異世界に呼ばれて偉業を成した男というべきか、なんとか立ち直った勇人君はとりあえず自分の中にある疑問を脇に置いて私の話を聞くことにしたそうだ。

そうして魔王討伐のお礼に授かった宝玉に勇者様の持つ膨大な魔力を毎日注ぎ続ければ、数か月ほどで女神様を短時間ではあるが目覚めさせることができると聞き、実行して、私を迎えに来てくれたというわけらしい。

いわゆる、タイムパラドックスというものだろうか。

これから助けるはずの私から私を助ける方法を教えられた勇人君は、そこで初めて自分がまだ魔力を扱えることに気が付き、その後は言われた通り宝玉へ魔力を注ぎ続けて女神様を起こすことに成功。

ちなみに、宝玉を通して女神様へ魔力を送っている間に何度か地球へ戻った私と会っており、そこそこ仲良くなったらしい。

アリメントムで過ごした五年という歳月は、勇人君が思っていたよりも長く。同級生や家族とのやりとりに若干苦労している彼にとって、異世界召喚という秘密を共有している私は色々話すことができるありがたい存在となっているとのこと。些細(ささい)な相談にも真剣に乗ってくれるので感謝している、たまに分けてくれるおかずやお菓子も美味しいし、これからも仲良くしてください、と言った旨のお言葉をいただいてしまった。

まぁ、あのタイミングで彼が登場してくれなかったら大変なことになっていた気もするし、彼のお蔭で五年も待たずに地球に戻れるから文句はないんだけど……。

勇者様の中身はともかく見た目は現役高校生。

そんな彼とお友達って、私は社会的に大丈夫なんだろうか。その辺りに関して周囲にどうやって誤魔化しているのか、地球に戻るまでの間にしっかり聞いておいた方がよさそうだ。

ちなみに女神様はというと、勇人君をアリメントムに連れてきたあと再び眠りについた。

私達が地球へ戻るには勇者様が来た時と同じく宝玉を通して魔力を捧げる必要があるようで実際に帰る日まではいくらか猶予があるらしい。

オリュゾンの魔術師さん達にも協力してもらっても、あと一か月ほどこちらで過ごすことになるみたい。勇者様と同じ異世界人であることが発覚したのですべてこれまで通りとはいかないだろうけど、その間にお世話になった人達にできるかぎりのことをしていくつもりだ。

まぁ、勇者様みたいに私財があったりするわけではないので、異世界料理を振る舞うくらいしかできないんだけどね。

――そのためにも、腹ごしらえしておかなきゃね！

「行きましょう！　レイス」

「ああ」

明日から頑張るってことで、と一旦考えるのを止めた私はレイスの手を引いて美味しそうな料理が並ぶ台へと向かう。

瑞々しいサラダや一口大に切られたチーズ各種、鳥の丸焼きやラムの香草焼き、白身魚とトマトの窯焼きに貝が覗くグラタン、それから鳥の照り焼きにホカホカの白ご飯。

お城の料理人達が丹精込めて作ってくれた料理が放つ香りに誘われるように、私達はお腹を満たすためお皿を片手に出陣したのだった。


――幸せだわ。


満たされていくお腹に参加してよかったと心から思いながらマルクさんの作った豚の丸焼きを口一杯に頬張れば、炭火焼き特有の香ばしい香りが鼻を抜けてジューシーな肉汁と甘い脂の味が広がり、まさに至福。

一緒に呑むのは、白ワイン。

赤ワインも合うだろうけど、鳥肉や豚肉なら白も美味しいと思うのよね。

そんなことを考えながら私は、豚肉料理を話のタネに盛り上がる人々へと目を向ける。

満を持して豚の丸焼きを持ってきたマルクさんが説明の際に料理長だと名乗った時はとても驚いたけど、そういえばものすごく熱心に異世界の調理法とか聞いてたし、手伝ってもらった時もものすごく手際が良かったなと思い出して納得した。

それから、お肉が配られるのを待つこと十数分。

魔法によって保温されているとわかっていても焼き上げてから刻一刻と経つ時間に、私は早く食べないと折角のお肉が……と気が気ではなかったんだけど、その間、皆様もまた違った意味で騒めいていた。この世界の人にとって豚さんのインパクトは大きいみたい。

マルクさんが豚の丸焼きを持って登場した時は招かれた紳士淑女の皆様から悲鳴が上がったけど、ルクト様が語り出せば徐々に収まり。多少脚色された生還劇が語られ、勇者様が自分の世界の料理だと一言付け加えたあと、仕上げとばかりに仰々しく国王陛下や王妃様が豚の丸焼きを口に運べば、貴族達がこぞって追従していた。

そんな一幕が功を奏したのかそれとも勇者様の威光か、豚肉料理は案外あっさりと受け入れられ、生姜焼きなども順調に減っている。

儀式めいた一連の演出にどんな喜劇だと吹き出してしまったのは、どうか許してほしい。

まぁ、騎士達も似たような感じだったけどね……。

ちなみに、白米は大人気である。

これまで食用として見向きもされていなかっただけでただの穀物だし、勇者様の住む国の主食ということで豚肉以上に受け入れやすかったらしい。

ルクト様から聞いた話によると『勇者様の世界の料理』という触れ込みは強力らしく、今後お米や豚肉は急速に広まっていくだろうとのこと。トマトやアーモンドだけでなく地球で食べられている食材は一通り伝えてあるので、勇者様の名の下に瞬く間にこの世界の食卓に並ぶようになりそうだ。

うっかり耳にしてしまった世界的な食料危機も勇者様のお蔭で無事に回避されそうなので、ちょっと安心している。なんの解決策もないまま放置して帰ったら事あるごとにアリメントムのことを思い出してしまい、罪悪感を刺激されて苦しむはめになっただろうからね。

新しい食材達が無事に受け入れられたことにホッとしつつお城の料理に舌鼓を打っていると、微かな騒めきが耳を掠める。なんだろうと振り向けば、先ほどまで壇上にいた勇者様とルクト様がジャンやマルクさんを引き連れてこちらに歩いてきているところだった。

「楽しんでいるかい？　マリー殿」

「はい」

そう答えれば、それは良かったと微笑むルクト様。

大変美しいお顔だけど、麗人の微笑みに令嬢達が黄色い声を上げているというのにピクリとも反応しないあたり、やっぱりイイ性格をしておられる。

帰り道でちらほらと腹黒い発言もしてたし……。

まぁ、このくらい剛胆というか多少腹黒い面もないと王太子殿下なんて勤まらないのだろう。そんなことを考えていると、ルクト様の隣にいる勇人君からジトッとした視線を感じた。

「……俺が国王陛下達のお相手をしている間、こちらには目もくれずにずっと食べてましたけど満足しましたか？」

どうやら勇者様は、私だけ同席を免れたことを根に持っておられるようだ。

「そ、そういえばマルクさんの豚の丸焼きとっても美味しかったよね！」

「ええ。こっちは一生懸命真面目な顔を作ってそれらしい雰囲気を出そうと頑張っていたのに、真理さんは吹き出してましたけどね」

　そこはかとなく怒りを感じる笑みに全力で話を変えようと試みたけど、思いっきり失敗した。というか、一番後ろに下がってこっそり笑ったのにしっかり目撃されていたとは……。

　ご機嫌斜めな勇人君をどうやって宥めたものかと思案していると、嬉しそうな表情を浮かべたマルクさんと目が合った。

「マリーさんが楽しんでくれてるようでなによりです。白米の炊き加減はどうでしたか？」

「完璧でした！　ふっくらツヤツヤでとっても美味しかったです」

　私達のやり取りがおかしかったのか、笑いを噛み殺しながら話しかけてきたマルクさんにこれ幸いと答えれば、そうだろうと満足気な表情が浮かぶ。今回の旅で一番お世話になり仲良くなったと言えるマルクさんの嬉しそうな顔に私も思わずほっこりしていると、眉間にこれでもかと皺を刻んだジャンが割り込んできた。

「マルク。誰が聞いているかわからぬこの場ではマリー様と呼ぶべきだ」

　相変わらず口煩い男である。

　マルクさんもそう思ったらしく、背後にいるジャンに見えないよう顔を歪めていた。

　うん。その気持ちよくわかります。

「はいはい。わかってますって……ったく、相変わらず口煩いなジャンは」

「なっ！　俺はただだっ」

「わかってます。騒ぐと面倒な奴らが集まってくるので静かにしましょうね」

ぼそっと呟いた不満に反応した真面目過ぎるジャンの口を面倒くさそうに塞いだマルクさんは、少し失礼しますと言って去って行く。そして会場の片隅に着くと、ジャンとなにやら話し始めたので、祝いの場であまり堅苦しいことを言うなとか、本人が望んでるんだから臨機応変にとでも言い聞かせてくれているのだろう。

お疲れ様です、とこっそり手を合わせているとトントンと控えめに肩を叩く感触がしたので指の主を目で追いかければ、桃を山のように皿に盛ったレイスの姿。日本では古事記にすでに登場し、ヨーロッパでも古代ローマやギリシャには古くから伝わっていたとされる桃はここアリメントムでも一般的な果物なので、遠慮なく盛ってきたようだ。

「桃が来たから持ってきた。一緒に食べよう。マリー」

一緒に豚の丸焼きを頬張っていたはずなのにいつの間にかいなくなっていたレイスは、新たなデザートの出現を察知して取りに行って来てくれたらしい。

「ありがとう！　レイス」

「ん」

なんて優しいのと感動しつつお礼を言えば、コクリと頷いて私が食べやすいようにお皿を下げてくれる。レイスの生来の気質なのか、ベルクさんの教育の賜物なのか素晴らしい気遣いだ。

「……真理さんが喜ぶポイントをよくわかってる」

「レイスは彼女と出会ってからほぼ毎晩、食卓を一緒に囲んでいたそうなので……」

勇人君とルクト様が横でなにやらコソコソ言い合っているのを無視して、私は一口サイズに切り分けられた桃を口に運ぶ。こっちの桃は現代の日本で出回っているものと違って小ぶりな品種だけど、甘酸っぱくて美味しかった。

「美味しいね」

私の倍以上の量を口に入れてその味に目を細めているレイスにそう告げれば、コクコクと首が縦に振られる。

「ああ。でもマリーが作ったものの方が美味しい」

やがてゴクリと口の中のものを飲み込んだかと思えば、出てきたのはそんな言葉で。至極当然といった様子で紡がれたレイスの感想が嬉しくも気恥ずかしくて、思わず視線を泳がせてしまう。

そんな私を琥珀色の瞳が不思議そうに見つめていた。

「マリー？」

「……今度、桃のタルトを作ってあげるね」

照れ隠しにそんな約束をすればタルトがどんなものかわからなかったのか、レイスが首を傾げる。

「桃のたると……美味しいのか？」

「もちろん。お砂糖やバターや卵をたっぷり使ったお菓子だからね」

「それは楽しみだ」

お菓子という言葉を聞いて俄然目を輝かせたレイスに、頬が緩む。

そんなに期待してくれるなら頑張らなきゃね！

「うん。楽しみにしてて」

そう言って握り拳を握って見せれば、レイスの顔に小さな笑顔が浮かんだ。

するとすかさず、私達の会話を聞いていた勇者様やルクト様からも手が上がる。

「真理さん、俺も」

「私も御相伴に与らせてもらえるかな」

「あ、俺も！　というか、作るのを手伝わせてください」

「マルク！　口の利き方に気を付けろと――」

そこに戻って来たマルクさんとジャンが加わって一気に騒がしくなったかと思えば、スルリと誰かに手を握られた。

「――ぜひ俺もご一緒させてください。異界の姫君」

私の手の甲に唇を寄せてそう色っぽく囁いたのはベルクさんで、皆の怒声が一斉に飛ぶ。

「「「「ベルク（殿）！」」」」

そうして、先程騒ぐと注目を集めてしまうからとジャンを連れて場を離れたマルクさんの努力の甲斐なく、私達は会場中の視線を集める羽目になったのだった。


――騒がしくも楽しい晩餐会から一か月後。

私と勇者様はオリュゾンの皆に見送られながら無事に地球へ帰還した。

勇者様の知り合いということで大手を振るって色々な食材を使い料理できるようになった私は、

晩餐会で約束した桃のタルトはもちろんのことパイ生地やうどんやそば、茶碗蒸しや点心など蒸し器を使った品を披露し、できるかぎりレシピを書き残してきた。

アリメントムよりも進んだ文化を持つ異世界のレシピが学べるということで、ルクト様を筆頭に多くの人が協力的で調理器具やお菓子の型を作ってくれたり、食材を持ってきてくれたりしたため若干調子に乗り過ぎた感はある。

恐らく数百年単位で食文化が進んだはずだ。

しかし後悔はしてない。

採りたて野菜や魔術師達が頑張って最高の状態に仕上げてくれた豚や鶏や兎や鹿などのお肉、それから特注の調理器具にマルクさんをはじめとするお城に勤める料理人達のアシストによって、とても豪華なご飯を連日食べ続けることができたんだもの。あれほど贅沢な日々は、二度と経験できないと思われる。

……最高に幸せな時間だったわ。

私が残してきた調理道具や技術はルクト様達が責任もって伝えてくれるそうなので、やがてオリュゾン以外にも広がることだろう。魔王や魔獣もおらず平和な世界なので、そう遠くないうちに食の文明開化が起こると予測される。地球のようにアリメントムの国々でも町中に美味しいお店が軒を連ねるようになり、王侯貴族だけでなくフェザーさん夫妻やレイスのような一般人も様々な料理を気軽に楽しめるのが当たり前になる日が来るに違いない。

アリメントムの食事情にそう想いを馳せていると、ふっとレイスの姿が頭を過る。

――マリー。


アンバーの瞳を煌かせて私を呼ぶレイスの柔らかな声が、聞こえた気がした。

深く関わらないようにしていたつもりだけど、家族も友人もいない異世界で初めてできた友人の存在は私の中で想像以上に大きくなっていた。レイスとの別れを思い出すとチクチクと痛む胸がそのことを如実に物語っている。

一緒に過ごした時間は長く、その分思い出も多いので寂しく感じるのは当然のこと。食材を提供してもらったり、生活を気にかけてもらったりと沢山お世話になったしね。

それに、レイスからもらったものはそれだけじゃない。

同じ食卓を囲む人がいて、私が作ったものを美味しいと言って喜んでくれる。

なにげないことかもしれないけど、それだけで私はここにいてもいいんだと思えて、すごく救われてた。

だからだろうか。レイスに美味しいものをもっと沢山食べさせてあげたかった、もっと楽しい思い出を作っておけばよかったと考えている私がいる。

地球に帰ってきてしまったから、もうなにもできないというのに。


こうならないように、って思ってたんだけどなぁ……。

チクチクと痛むこの胸は、もうどうすることもできない。

時間が解決してくれるのを待つしかないのだ。

今、感じている感情もアリメントムで過ごした日々も、いつか思い出になる日が来る。そう自分に言い聞かせて、私は伏せていた顔を上げた。

……とりあえず、今はどうやって勇人君に話しかけるかを考えないと。

異世界への未練とも罪悪感とも言える胸の痛みから目を逸らした私の視線の先にいるのは、近所にある高校の学ランに身を包んだ勇者様。

ちなみに現在の地球の状況は、私がうっかり異世界に渡ってしまった直後である。

勇人君、歯ぎしりが聞こえてきそうなほど険しい表情してるんですけどー⁉

再会場所である曲がり角に身を隠しながら、私はたった今見た光景に対し心の中で叫ぶ。

先回りするため走った所為で荒くなっていた呼吸がようやく整ってきたところだったのに、緊張で心臓がバクバクしてきた……どうしよう。

幸い、人通りが少ない時間帯なため、剣呑(けんのん)な雰囲気の勇人君を目撃しているのは私だけである。

お巡りさんがいたら職質されちゃいそうな顔をしているのでその点は良かったんだけど、私はいったいどんな顔をして彼に話しかければいいのか。

私の異世界行きを防げなかったことを悔いてくれているんだろうけど、ちょっと……いや、かなり怖い。アリメントムに迎えに来てくれた勇人君は「俺に会ったら、醤油を買い直しに行くのを忘れないよう伝えてください」なんて言ってたけど、そんな空気じゃないよ、これ。

同じ時間軸に同一の魂が存在することはできないとかなんとかで、女神様のベールの中で別れた勇人君に心の中で悪態を吐きつつ、私はゴクリと息を呑む。

ちなみに私の服装は、勇人君がオリュゾンのお針子さんに特注で作ってもらったというシンプルな型の水色のワンピースだ。召喚された時の衣服や荷物がお城で大事に保管されていた勇者様と違って、私は燃やしてしまったからね。

異世界人だとバレないよう荷物を燃やしたことを知ったルクト様から、このワンピースのように絵で見た目を伝えれば職人さんに似た物を作ってもらうことはできると言われたけど、スーツも鞄も安物なのでそこまでしてもらう必要はないと私は断った。帰る日までそれほど期間があるわけではなかったし、魔法が使えるといっても服や鞄の細部を仕上げるのは手仕事なので、職人さんに無理させるのもどうかと思ったのだ。

余談だけど、女神様は私達を地球に帰すので精一杯なためそういうフォローをする余力はないらしい。そしてさらに付け加えると、アリメントムを創造された女神様は鈴を振るような声が似合う神々しい美人さんだった。まさにこれぞ女神様って感じで、眼福。

――って、思い出に浸って現実逃避してる場合じゃないのよね！

近づいてくる勇人君と少しずつ大きくなる足音に、緊張がピークに達する。

しかし、ここで私が声をかけないと勇者様に迎えに行ってもらえない。

女神様のベールが現れたのは、ルクト様にとんでもない問題の解決を頼まれそうになっていたところだったので、迎えに行ってもらうのが遅れて困るのは私自身。行くしかない。

よ、よーし！　女は度胸よ！

スー、ハーと深呼吸をした私は覚悟を決めて拳を握る。

そして、コツコツと歩いて来る勇人君の前に思い切って踏み出したのだった。

「すっ、すみません！　ちょっと私の話を聞いていただいてもよろしいでしょうか⁉」

エピローグ

力強く輝き青い空を彩っていた女神様の光がその役目を終えたことを知らせるかのように、少しずつ薄れていく。

――もう悪いことはしちゃ駄目よ？　優しい貴方には向いてないから。

そう言って笑ったマリーは異世界から来た女性だったそうで、つい先ほど勇者と共に地球という己の世界に帰ってしまった。

「……夢のような人だったね」

空を見上げたまま、ぽつりと零したルクト殿下に答える者はおらず。

ジャンという名の騎士もマルクとかいう料理長もベルクもアイザも、彼女が世話になっていたフェザー夫妻もパン屋の親子も彼女の護衛をしていたフィオナやアンナも皆、黙ってマリーと勇者が消えた女神の光を見つめていた。

俺も口を開く気分ではなく、揺らめく度に様々な色を見せる光の布を見上げながらマリーと過ごした日々を思い出していた。

盗みに入った鳥小屋の物置で彼女と出会ってから薄暗い裏路地で地を這っていた俺の生活は一変し、広い世界と様々な感情を知った。

初めて会ったあの日から今日までの記憶が、浮かんでは消えていく。

マリーが作る料理は見たことないものばかりだったけれどどれも驚くほど美味しくて、共に過ごした穏やかな時間は夢のように優しく温かった。

なのに、どうして。

彼女との日々は楽しい記憶ばかりだというのに、思い出せば思い出すほど喉が詰まったような違和感が増し、胸が締め付けられて苦しくなっていくのか。

込み上げて来る不可解な感情に首を傾げれば、ポタッと手に落ちた熱い雫。

己の目から零れた涙に驚き手に落ちたそれを凝視していると、横にいたマルクから大きな溜め息が聞こえてくる。

「そんなに好きだったんなら引き留めればよかったのに……」

「？」

「好きだったんでしょう？　マリーさんのこと」

さも当然のことのように紡がれた言葉に思わず目を見開けば、そんな俺にマルクも驚いたような表情を浮かべて「やばい」と小さな声で呟く。

「そいつに余計なことを言うなっ」

俺達の異変に気が付いたベルクが慌ててマルクの口を塞ぐが、もう遅かった。

今しがた耳にした台詞が頭の中をグルグルと巡る。

——レイス。

マリーが柔らかくそう呼ぶ度に、自分の名が特別なものになった気がした。

——美味しい？

マリーにそう尋ねられると、いつも食べているパンであってもとても美味しく感じた。

——ありがとう。

マリーから笑みを向けられる度にふわふわふわと俺の中に降り積もっていった、温かい感情。


そうか。

俺は、彼女のことが好きだったのか。


心の中でなにかが嵌ったような感覚と共に感じたのは埋めることのできない寂しさ。

ようやくわかったこの感情を伝えたかった人は、もういない。

薄れていく七色の輝きに涙が頬を流れ落ちる。

あの日羨んだ人々のように太陽の下から見上げた女神の光は美しくも、遠く。

空へ溶けるように跡形もなく消えていった。

お家で簡単に出来る マリーの 蜂蜜プリン

材料

●カラメル
砂糖150g
水40g

●クリーム
牛乳330g
Mサイズくらいの卵二個
卵黄一個分
蜂蜜62g（砂糖80g）

①カラメル

小鍋に砂糖を入れて弱火と中火の間くらいの火加減で温める。熱々のカラメルに水を加え均一に溶けたら器に移して冷やす。（黄金色をキープできるよう集中力が必要）

②クリーム

卵と卵黄に蜂蜜を加えて気泡ができないよう優しく混ぜ合わせる。沸騰した牛乳を５回くらいに分けて少しずつ混ぜ合わせたものを布で濾す。

③合わせて蒸す

大きく深い鍋に三センチほど水を入れて、小さな両手鍋を逆さにして入れる。その上に小さな鉄板を乗せれば簡易蒸し器ができちゃいます。カラメルを入れた器にクリームを流しいれ簡易蒸し器で約15分ほど蒸す。

（プリンに水滴が落ちないように蓋に布を巻くとgood!）

④冷やして出来上がり

器の中心に竹串などを半分ほど刺して穴から卵液が出てこなければ蒸し上がり。あとは冷やして美味しく召し上がれ☆

※冷蔵庫で大丈夫です。

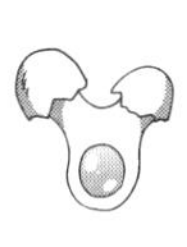

～くわしくは本文123Pをチェック～

はらぺこさんの異世界レシピ

＊本作は「小説家になろう」公式 WEB 雑誌『N-Star』（https://syosetu.com/license/n-star/）に掲載されていた作品を、大幅に加筆修正したものとなります。
＊この作品はフィクションです。実在の人物・団体・事件・地名・名称等とは一切関係ありません。

2018年4月20日　第一刷発行

著者 …… 深木
©MIKI 2018
イラスト …… mepo
発行者 …… 辻 政英
発行所 …… 株式会社フロンティアワークス
〒170-0013　東京都豊島区東池袋 3-22-17
東池袋セントラルプレイス 5F
営業　TEL 03-5957-1030　FAX 03-5957-1533
アリアンローズ編集部公式サイト　http://arianrose.jp
編集 …… 原 宏美
装丁デザイン …… ウエダデザイン室
印刷所 …… シナノ書籍印刷株式会社